KB060301

박 순 소설집

소설, 여성심리학

도서출판 청어

소설, 여성 심리학

박 순 소설집

작가의 말

제가 국민(초등)학교 3학년인 10살 때 있었던 일입니다. 그때는 국어 시간에 베껴 쓰기라는 과제가 있었는데 베껴 쓰기를 할 때의 일입니다. 저는 아무 생각 없이 베껴 쓰기를 하고 있는데 옆의 학생이 다른 학생들에게 '야! 이리 와! 얘 좀 봐!' 하고 놀라는 것이었습니다.

학생들이 저의 곁으로 우르르 몰려들었습니다. 그래서 제가 베껴 쓰기 하는 것을 지켜보고는 그들 역시 놀라서 웅성거렸습니다. 그들이 왜 그러는지 저는 몰랐는데 나중에 알고 보니 저의 베껴 쓰기 하는 방식이 다른 학생과는 달랐던 것입니다. 즉, 다른 학생은 다섯 번 여섯 번 보아가면서 한 문장을 공책에 옮겨 적는데 저는 한 번만 보고 옮겨 적는 것이었습니다. 예를 들자면, '건전한 놀이로 몸과 마음을 건강하게 합시다.' 이런 문장일 경우 학생들은 '건전한' 까지만 본 다음 옮겨 적고 '놀이로'만 보고 옮겨 적고 해서 여섯 번을 고개가 왔다 갔다 하면서 옮겨 적는데 저는 한 번만 보고 그 문장 모두를 외워서 옮겨 적고 하였던 것입니다.

그 무렵 우리는 공부가 끝나면 우당탕 뛰어나가서 만화책방으로 달려가고는 했습니다. 저도 예외는 아니어서 1분 1초라도 빨리 보고 싶어서 친구들과 함께 만화책방으로 달려갑니다. 그런데 만화책방에 가는 목적이 저는 다른 애들과는 달랐습니다. 다른 애들은 그 책방에 들어가기가 바쁘게 만화책을 뽑아 드는데 저는 동화책을 뽑아 듭니다.

한 번은 이런 일이 있었습니다. 동화책의 내용에 빠져서 몇 시간을 읽다가 주위를 돌아보니 그 책방에 가득하던 애들은 모두 돌아가서 한 명도 없고 저녁때가 되어 있었습니다. 저도 집에 가야겠다고 생각하며 일어섰습니다. 그러던 그때 저는 깜짝 놀랐습니다. 언제부터인지는 모르지만, 만화책방 주인이 저의 뒤에 서서 가만히 내려다보고 계셨던 것입니다.

너무 오래 있었나 해서 주인에게 미안하기도 하고 혼날지도 모른다는 생각에 겁이 덜컥 나서 얼굴이 화끈거렸습니다. 그런데 그게 아니었습니다. 주인아저씨가 빙그레 미소를 지으며 저에게 하는 말씀이 '책 재미있니?' 하는 것이었습니다. 저는 고개도 들지 못한 채 작은 소리로 '네.' 하였습니다. 그러자 주인아저씨는 '너한테는 돈을 받지 않을 테니까 앞으로는 얼마든지 와서 책을 보거라.' 하시었습니다.

야단 칠 줄 알고 겁이 나 있었는데 책을 공짜로 얼마든지 보라고 하시니 얼마나 기뻤는지 모릅니다. 그 무렵에는 〈계림 문고〉에서 동화책이 많이 나왔었는데 그 문고에서 나온 동화책은 거의 다 보았다고 할 수 있으며 100권이 넘는다고 할 수 있습니다.

당시, 우리 집 사랑방은 겨울에는 마을 어른들 예닐곱 분이 밤마다 모여서 이야기하시고 쉬는 장소였습니다. 그런데 그분들이 모이기만 하면 아버지가 '준식아! 이리 오너라!' 하고 저를 부르십니다. 그래서 사랑방으로 가면 이야기책을 꺼내시며 읽어달라고 하시었습니다. 마을 어른들이 한 권씩 가지고 오기도 하셨는데 저는 그분들 한복판에 앉아서 이야기책을 읽어드렸습니다.

그때 읽어드렸던 책은 주로 『장화홍련전』, 『홍길동전』, 『흥부놀부』, 『심청전』, 『춘향전』, 『단종 비사』, 『명성황후』 등등 이루 말할 수 없이 많습니다. 저는 11살이지만 그냥 읽는 것이 아니고 구연동화를 하듯 음률을 주고 의성어와 의태어를 동원해서 구성지게 읽어드립니다. 그러면 아저씨들은 제가 읽어드리는 내용에 빠져들어서 때로는 방바닥이 꺼지라고 하듯 길게 한숨도 쉬시고, 주인공을 해치는 나쁜 사람이 나오면 '저! 저! 저런 나쁜 놈이 있나!' 하며 소리를 지르기도 하고 주인공이 잘되면 박수를 치기도 하고 그러셨습니다.

제가 아저씨들에게 그렇게 책을 읽어드리는 날은 심심하신 분이 한 분 계십니다. 바로 저의 할머니입니다. 저는 원래는 할머니에게 책을 읽어드렸습니다. 마당에 멍석을 깔고 저녁을 먹은 다음 등잔불을 밝혀놓고 책을 읽어드리는 것입니다. 그러면 할머니는 베개를 베고 누우셔서 하늘의 달을 보고, 별을 보고, 느티나무 위에서 흥을 돋우는 소쩍새 소리와 함께 제가 읽어드리는 이야기책의 내용 속에 빠져들고는 하시었습니다.

제가 초등학교 4학년이 되던 해에 할머님이 뇌출혈로 쓰러지셨기 때문에 3학년 여름밤과 겨울밤에 있었던 일들입니다.

작가가 되기 위해서는 어렸을 때 성장한 자연환경도 중요하다고 생각합니다. 제가 살던 곳은 강원도 문막인데 저의 집 바깥마당에는 700년 되었다고 하는 커다란 느티나무가 있었습니다. 그 느티나무는 특이하게도 위로 솟은 게 아니고 옆으로 퍼져서 펼쳐놓은 우산과 같은 모양이었습니다.

동네 아이들은 밥만 먹으면 뛰쳐나와 그 느티나무 위에 올라가서 수평으로 뻗은 굵은 나뭇가지 위에 누워서 책을 보기도 하고, 서서 걸어 다니기도 하고 원숭이처럼 나뭇가지에서 나뭇가지로 옮겨 다니기도 하고 나뭇가지 끝으로 가서 매달렸다가 땅으로 내려오기도 하는, 그야말로 동화 속의 세계를 체험해 볼 수 있는 천

혜의 어린이 놀이터였습니다.

그곳에는 강도 있었습니다. 섬강인데 그 강에는 540m나 되는 긴 다리가 있었습니다. 그 당시에는 동양에서 제일 긴 다리라고 했는데 6·25 때는 탱크도 수십 대가 줄지어 지나다니고 했을 만큼 견고한 다리입니다. 그런데 놀라운 것은 시멘트는 전혀 사용하지 않고 나무로만 만든 다리여서입니다.

그 다리 밑에서 수영도 하며 자랐는데 저는 그 다리를 생각할 때면 언제나 영화에서 본 '콰이강의 다리'가 생각나고 '콰이강의 다리' 하면 섬강의 그 다리가 눈앞에 훤합니다. 콰이강의 다리나 섬강의 그 다리 모두 나무로 만든 다리인데다가 난간이나 교각의 구조나 모양이 모두 비슷하게 생겨서입니다. 목재로 강에 다리를 놓을 때는 공통 되는 공법이 있어서 그럴 것입니다.

그곳 섬강 옆으로는 문막 평야가 있습니다. 그 평야는 일찍부터 수로가 발달해서 섬강 상류에서부터 만들어진 수로가 수 킬로나 이어지며 문막 평야의 논과 밭에 물을 대주고 있었습니다. 수로는 시멘트로 만들어졌는데 150cm 깊이에 폭이 250cm나 되는 큰 수로입니다. 그리고 목에까지 차는 물이 항상 흐르고 있어서 우리는 그 수로에 들어가서 수영도 하며 놀았습니다.

그 수로를 따라가다 보면 어린 나이에 보기에는 불가사의하게 생각되거나 공포를 느끼게 하는 곳이 많이 있었습니다. 수로를 흘러가던 시퍼런 물이 갑자기 한 곳에 멈추어서 빙빙 돌다가 지하로 급하게 빨려들어 가서 50m 저쪽으로 솟구치는 곳이 있고, 수로 자체가 컴컴한 지하로 내려가고 있었는데 출구를 찾을 수 없는 곳도 있고, 터널을 통과하는 곳도 있었습니다.

모두가 사람이 빠지면 죽는 무서운 곳인데 숨 막히는 공포를 느끼면서도 저는 그런 곳들 가까이 서서 한참씩 구경하며 무한한 상상을 하고는 했습니다. 수로를 흘러가던 물이 빙빙 돌며 지하로 빨려 들어가는 곳을 볼 때는 선박을 집어삼킨다는 버뮤다 삼각지대의 바다나 태풍의 눈을 상상했습니다.

수로 자체가 통째로 지하로 내려간 컴컴한 그 속에서는 동물의 울음소리 같은 이상한 소리가 항상 울려 나왔는데, 아이들은 그 속에 사람을 통째로 삼킨다는 거대한 바닷고기가 산다는 말도 했고, 접시처럼 생긴 커다란 칼이 여러 개 있어서 사람이 빠지면 허리가 두 동강이 난다거나 하는 무서운 이야기가 떠나지 않는 곳이었습니다. 그래도 저는 어른이 되면 밧줄을 타고 내려가서 그 속에 무엇이 있는지 확인해보겠다는 모험심을 키우기도 하였습니다.

수로의 물이 긴 터널을 통과하는 곳도 있었는데 저는 그곳에는 실제로 들어가서 터널 천정을 올려다보며 지하세계에서도 별을 보고 하던 프랭크 바렛의 『마경천리』의 내용을 상상해보기도 했었습니다.

섬강 한복판의 물속에는 마당바위도 있었습니다. 그곳에서 수영하던 어떤 사람이 물속에 들어갔다가 커다란 구렁이가 바위를 감고 있는 것을 보고는 놀라서 뛰쳐나왔다는 이야기가 있는 바위인데, 저는 그 바위를 생각할 때면 언제나 인어가 금빛 머리를 쓰다듬으며 앉아 있는 로렐라이 언덕과 라인강의 바위를 생각하곤 합니다. 지나가는 배의 선원들이 그 인어의 아름다운 노랫소리에 반해서 바라보다가 방향을 잃고 바위에 충돌해서 죽고는 했다는 로렐라이의 언덕.

그러고 보면 제가 자란 강원도 문막은 그 산하 자체가 하나의 동화 속인 것입니다. 동화 속에서 자라서 저는 소설을 쓰게 되었습니다.

2022년 봄에

박 순 (본명 박준식)

차례

〈중편〉

착한 사마리안법

가식과 허세를 벗어버렸을 때 드러나는
인간의 부끄러운 모습

여보게, 친구여!

도저히 그냥 있을 수가 없어서 다시 펜을 들었네. 내 꿈을 송두리째 앗아가고 인생까지 초라하게 만든 그 사건에 대해서 말을 하니까 자네는 나를 어이없다는 듯이 바라보며 바보라느니 위선자라느니 별 서운한 말을 다 했었네. 그때 나는 아무렇지도 않은 척하며 가만히 듣고 있었지만, 속으로는 무척 서글펐고 자네를 원망하기도 했었네. 자네만큼은 나를 이해해줄 줄 알았기 때문이네.

물론, 그 사건에 대해서 자네는 자세히는 모를 걸세. 그 사건에 대해서 자네에게 털어놓기는 했지만, 그때 나는 워낙 속이 상하고 감정이 격한 상태여서 대충 들려주었으니까 말일세. 그래서 이제 나에게 어떤 일이 있었는지 그 경위를 자네에게 자세히 설명해주려고 하네. 그러니 이제라도 내 이야기를 좀 더 차분히 들어보고 내가 정말 바보며 위선자인지, 그렇다면 자네 같으면 내가 처해 있었던 그 상황에서 어떻게 대처했겠는지 자네의 의견을 말해 주기 바라네. 자네 같으면 얼마나 떳떳하고 후회 없이 대처했겠는지 말일세.

내 인생을 파멸시킨 그 사건이 사실 별일은 아니네. 여자 한 명 사귀었을 뿐인 일로 누구에게나 흔히 있는 일이고 지금도 곳곳에서 진행 중인 일이라는 말일세. 물론 유부남이 애인을 사귄다는 일은 자랑할 것은 아닐지 모르네. 하지만 지금 세상에 애인 한 명 없는 사람이 어디에 있느냐고 자네도 농담처럼 말하지 않았던가 말일세.

나는 사실, 여자 꾀는데 재주가 있거나 그쪽으로 시간과 정력을 낭비하는 바람둥이나 오입쟁이는 아니네. 그렇게 반반하게 생기지도 않았거니와 허우대가 있는 놈도 아니고 말일세. 무엇보다도 나는 불륜이니 부정이니 하는 그런 부도덕하고 반사회적인 방향으로는 가고 싶지 않은 사람이네. 나도 자네처럼 가정을 중요시하고 내 명예와 인격을 욕되지 않게 하려고 노력하는 위인이라는 말일세.

그런 놈이던 내가 어쩌다 여자를 사귀고 그 여자에게 반해서 신세까지 망치는 놈이 되었는지 내가 생각해도 어처구니없고 맹랑한 일이기는 하네. 다만 한 가지, 변명이라도 한마디 해보라고 한다면 그 여자는 어떤 남자도, 아마 자네라도 빠져들지 않고는 배기지 못할 애교 만점에 관능적인 여자, 남자를 끌어당기는 성적 마력을 가진 여자였다는 그 말은 꼭 해 주고 싶네.

*

그녀가 어떻게 생겼는지 그녀의 외모에 대해서는 자네도 대략 알고는 있을 걸세. 우리 회사에 나와 같이 근무하는 '나미란'이라는 여자라며 내가 자네에게 소개했던 적이 있었으니까 말일세. 그때 그녀를 보더니 자네는 메릴린 먼로를 닮았다고 말했었네. 동양적인 얼굴형이면서도 이목구비는 서구적으로 반듯하게 생긴 미인이라며 자네도 그녀의 얼굴에서 눈을 떼지 못했었네.

하지만 여보게, 그녀의 매력은 그런 외모에만 있는 것이 아니었네. 언제인가 이런 일이 있었네. 그녀를 데리고 저녁을 먹으러 식당에 갔을 때였네. 여자를 데리고 식당에 들어가면 남자들은 식탁을 가운데 두고 마주 보고 앉는 게 보통이네. 그것이 숙녀에 대한 예의이기도 할 걸세. 그래서 나도 식탁을 사이에 두고 그녀와 마주 보고 앉았었네. 그랬더니,

'준호 씨, 왜 그쪽으로 갔어? 이리 와! 여기 앉아!'

하면서 자기 옆에 앉으라는 것이었네.

나도 사실은 처음부터 그녀의 옆에 앉고는 싶었네. 분위기가 시

끌벅적 들떠 있는 사적인 자리에서 여자 옆에 앉고 싶지 않은 남자가 어디에 있겠는가. 특히 그녀는 미모가 뛰어나서 주위의 모든 남자가 두 번 세 번 쳐다보는 여자네. 그녀 옆에 앉아서 오순도순 이야기를 나누고 있으면 다른 남자들에게 은근히 자랑도 된다는 말일세.

그렇지만 체면도 있고 의젓하게 보이고도 싶어서 마주 보고 앉았었는데 그녀는 마치 내 속을 들여다보고 있기라도 하듯 나를 부르는 것이었네. 나는 눈치가 없었던 것처럼 멋쩍게 웃으며 냉큼 그녀의 옆으로 가서 앉았네. 그랬더니 그녀는 나에게 바짝 다가앉아서 맛있게 보이는 곁들이 음식을 젓가락으로 집어서 내 입에 넣어주고 상추쌈을 싸서도 '아-' 하라고 해서 입에 넣어주고, 내 입을 이만저만 곤란하고도 바쁘게 만드는 것이 아니었네.

내가 이런 말을 하니까 자네는, 뭐 먹을 것 입에 넣어주는 일 가지고 그렇게 호들갑이냐며 웃을지도 모르겠네. 하지만 가만히 있어 보게. 내가 말하려는 요점은 그것이 아니고 다른 데 있네. 남자에게 자나 깨나 관심 있는 것이 무엇이겠는가? 그것은 두말할 필요도 없이 섹스일 것이네. 그런데 섹스라면 그녀에게는 말할 필요가 없네. 그녀만큼 섹스에 적극적이고 섹스를 즐길 줄도 알고 교접을 벌일 때 적나라하고 광적인 여자는 없을 걸세.

'섹스는 죄가 아니야.' 그녀가 했던 말이네. '섹스는 하면 할수록

정이 더 깊어진다.' 그 말뿐만이 아니네. '나는 지하철을 타고 갈 때 멋있는 남자가 앞에 서 있으면 어떤 때는 팬티가 젖을 때도 있다.' 그렇게 말하면서 하루에도 몇 번씩 팬티를 갈아입어야 할 때도 있다는 것이었네.

더구나 그녀는 중학생인 아들 한 명만을 데리고 사는 이혼한 여자였네.

그녀가 이혼해야 했던 사정에 대해서 잠깐 말하겠네. 그녀가 이혼한 이유는 알고 보니 지극히 평범하고도 사소한 일이었네. 그녀는 성격이 적극적이고 낙천적이면서도 한편으로는 감상적이기도 한 여자네. 가볍게 하는 말 한마디에 마음의 상처를 입기도 하고 눈물을 흘리기도 하는 마음 약한 여자라는 말일세. 예를 들자면, 그녀가 반찬을 만들어주면 말로라도 맛있다거나 고맙다고 말을 해 주어야지, 아무 말도 하지 않고 있으면 서운해하고 때로는 삐치기도 한다는 말일세.

언제인가 내가 그녀의 집에 놀러 갔을 때가 있었네. 그때 그녀가 만들어 준 반찬 중에 쑥을 튀긴 것이라는 반찬이 있었는데 과자처럼 맛이 있었네.

'오! 이 반찬 정말 맛있다. 미란 씨 음식 만드는 솜씨가 보통 아닙니다!'

내가 놀라서 말했네. 그러자 그녀는 나를 고마워하는 잔잔한 눈

빛으로 한참을 바라보더니,

'그놈은 생전 그런 말도 할 줄 몰라! 말로라도 그렇게 해 주면 좀 좋아? 그래서 이혼한 거야. 나쁜 놈!'

했네. 그리고 이런 말도 했네.

'부부싸움은 누구나 할 수 있는 거야! 하지만 부부싸움을 했어도 한 이불 속에서 같이 자다 보면 화났던 게 풀릴 일이 생기잖아! 그런데 그놈은 어떤지 알아? 베개를 가지고 쌩! 하니 저쪽 방으로 가서 혼자 자는 거야! 그러니 화가 풀리겠어? 약만 더 오르지!'

그 말을 하면서 그녀는 새삼 분한지 입술을 동그랗게 모으면서 쫑알쫑알 말했었네. 그녀의 말투나 표정이 귀여워서 나는 미소를 짓고 있었지만, 그녀와 같이 살던 그 남자의 성격이 얼마나 무덤덤하고 아량도 없는 남자인지 대충은 짐작할 수가 있었고, 여리고도 감상적인 그녀의 성격에는 맞지 않겠구나, 하는 생각도 했었네.

그렇게 젊고 예쁜 그녀를 구닥다리에다 유부남인 내가 어떻게 만나게 되었고 또 어떻게 애인으로 사귀게 되었는지 이제는 그것을 말해주겠네. 자네도 알겠지만, 우리 회사는 전국에서 몇 안 되는 규모의 큰 생명보험회사네. 수도권에 있는 영업소만 해도 30

여 곳이나 되는데 그녀는 성남 영업소 영업부에서 근무하던 여자였네. 그러다 1년 전, 내가 업무부 차장으로 있는 서울 본사로 발령받고 와서 나와 같이 근무하게 되었네.

예쁘고 상냥한 그녀가 전근해 오자 사무실 안은 마치 벚꽃이 만발한 봄날처럼 화사해졌네. 남자 사원들은 괜히 좋아서 싱글벙글, 그녀에게 말을 붙여보기 위해서 일을 만들고 시선은 그녀의 뒷모습이 보이지 않을 때까지 따라가고는 했네. 나 역시 그녀의 귀염성과 관능적인 외모에 매료되어서 관심이 갔고 저 여자와 한 번만이라도 사랑을 나눌 수 있다면 내 모든 것을 다 주어도 아깝지 않겠다는 생각까지 했었네.

하지만 우리 회사에는 나보다 나이도 젊고 잘생기고 최고의 학벌을 가진 젊은이들이 얼마든지 있었네. 그런 젊은이들에 비해서 나이 많고 이마도 넓은 내가 그녀에게 눈독을 들일 수는 없었네. 오르지 못할 나무는 쳐다보지도 말라고 하였듯이 나는 그녀를 회사의 부하 직원 그 이상으로는 생각하지 않았네.

그런데 정말 재미있는 일이 벌어졌네. 어느 회사나 신입 사원이 들어오면 인사차 회식이 있을 걸세. 우리 회사도 예외는 아니었네. 그녀가 전입되어 오고 며칠 후 업무부에서도 직원 몇 명과 그녀와 같이 회식을 나갔었네. 그때 업무부장은 며칠 전부터 장기출장 중이어서 회식에 참석하지 않았는데 그러다 보니 회식 자리에 참석한 사람 중에 제일 직위가 높은 사람은 당시 차장으로 있던 나였네.

모처럼의 회식인 데다 그녀도 함께 있어서 우리는 모두 신나고 서로가 잘 보이려고 왁자지껄 떠들며 회사 근처의 식당으로 들어갔네. 그때 우리는 모두 객실로 들어갔었는데 객실에 들어가서 자리에 앉다 보니 그녀와 내가 나란히 앉게 되었네. 제일 어른인 나를 직원들이 메인테이블에 앉도록 배려해 주었고 그다음 자리에 그녀가 앉도록 했기 때문에 그렇게 된 것이네. 그런데 그렇게 앉아 있자 한 동료 직원이,

"오준호 차장님하고 미란 씨하고 나란히 앉으니까 두 분이 애인처럼 잘 어울리십니다."

하고, 아부하듯 농담했네. 내가 얼른 말했지.

"미란 씨 같은 미인이 내 애인이라면 나는 죽어도 한이 없겠다."

그녀가 나 같은 사람에게 관심 둘 리가 없을 것이기에 화끈하게 말했네. 그런데 그런 내 말을 들은 그녀가 웃으면서,

"애인이 안 될 것도 없지요. 머!"

하는 것이었네. 그 한마디, 그녀는 무슨 생각으로 그렇게 말했는지 모르지만, 그 말은 거대한 울림으로 나의 귓전에 남아서 맴돌기 시작했네. 애인이 안 될 것도 없다니, 그럼 그녀는 정말 내

애인이 될 수도 있다는 말인가? 괜히 하는 소리겠지 하면서도 내 의식 세계는 그녀로 가득 채워졌네. 짝사랑에 빠진 사춘기 소년처럼 내 눈앞에는 그녀의 하얀 얼굴만 아롱거리고 그녀가 했던 말이 떠나지 않았네. 사무실에서도 식당에서도, 심지어는 퇴근하고 집에 가서도 그녀가 했던 말이 귓속을 쟁쟁 울리며 미소 지어 주던 그녀의 예쁜 얼굴이 눈앞에서 아른거렸네.

며칠 후, 나는 용기를 내서 그녀에게 저녁 식사를 대접하겠다며 데이트를 신청했네. 그녀에게 데이트 신청은 했지만, 그때까지만 해도 나는 그녀와 깊은 관계, 연인 사이로까지 발전되리라고는 생각하지 못했었네. 그녀가 나의 데이트 신청을 받아 주기는 했어도 그것은 업무부 차장인 나의 체면을 생각해서든가 아니면 예의상 시간을 내 준 그뿐일 것이라고 나는 생각했네.

그런데 그녀와 데이트하던 도중 정말 생각지도 못했던 일이 벌어졌네. 저녁을 먹은 나는 바람을 쐴 겸 그녀와 같이 보도를 걸었었네. 화려한 상점들이 길게 이어져 있는 보도인데 그 상점들 가운데는 금은방도 몇 개 있었는데 한 금은방을 들여다보던 그녀가,

"어머! 예쁘다!"

하고 감탄하며 걸음을 멈추었네. 그녀가 예쁘다고 말한 것은 18k로 보이는 반지였네. 18k로 보이는 줄 두 가닥이 꼬아지면서

그 둘레로는 빨강 파랑 분홍색의 작은 반짝이가 붙어 있었는데 내가 보기에도 무척 화려하고 예쁜 반지였네.

"오! 정말 예쁘다! 미란 씨 사 줄까?"

미란 씨를 사 주다니? 내 입에서 그 말이 왜 갑자기 튀어나왔는지 모르겠네. 말을 꺼내놓고 나는 아차! 후회하며 속으로는 미친놈하고 뇌까렸네. 그 반지의 가격을 정확히는 모르지만 아무리 18k라고 하더라도 30만 원은 넘어 보이는 반지였네. 그런데 그런 반지를 어떻게 아무 여자나 사 준다는 말인가. 그럴 만큼 나는 인심이 후하지도 않고 돈이 많지도 않고 바보도 아니네. 그런데 반지를 사주겠다는 말이 내 입에서 왜 튀어나왔는지 환장할 일이었네.

"정말이에요? 사주세요. 네? 네?"

그녀는 어린아이처럼 좋아하고 까불며 내 팔에 매달렸네. 이미 쏟아놓은 말인데 신사 체면에 어떻게 하겠나. 뱃가죽이 오그라들고 숨까지 막혔지만, 겉으로는 남자답게 가슴을 활짝 열고 큰소리로,

"그래! 마음에 들면 사자우! 흠!"

그녀를 데리고 금은방 안으로 들어갔네.

반지를 사 주자 그녀는 손가락에 끼우더니 쓰다듬어 보고 입술에 대보고 하면서 마치 오랫동안 사귀어 온 연인이라도 되는 듯

나의 팔에 매달렸네. 그리고는 술을 한 잔 사겠다는 것이었네. 술이야 누가 사든지 간에 그녀와 술을 마신다는 것은 즐거운 일이었네. 그런데 한껏 달아오른 우리의 흥겨운 기분은 술을 마시는 일로 끝나지 않았네. 술을 마셔서 얼큰해진 기분에 노래방까지 가게 되었고 노래방에서의 진한 접촉으로 몸과 마음이 흠뻑 젖은 우리는 휘청거리는 몸을 서로가 지탱해 주며 모텔의 유리문까지 밀고 들어가게 되었네. 그녀에게 반지를 사 준 그 일이 그녀를 데리고 모텔까지 가게 되는 놀랍고도 아찔한 성과를 올리게 해 주었다는 말일세.

'여자는 패물에 약하다.'는 말이 있는데, 그 말은 결코 가벼운 낭설이 아니라는 사실을 나는 그때 깨달았네.

*

그 뒤로 그녀와 나는 하루가 멀다고 만나서 식사하고 모텔에 가고는 했네. 승용차를 가지고 시 외곽으로 바람 쐬러 가기도 했지만 그래도 우리가 만나서 사랑을 나누는 장소는 주로 모텔이었네. 그런 비밀스러운 장소만 택하는 이유, 그것은 그녀와 나는 한 회사에 같이 근무하고 있다는 사실 때문이네. 그녀와 내가 데이트하는 것을 혹시라도 회사 사람이 보게 되면 회사가 발칵 뒤집힐 거라는 말일세. 그래서 그녀와 나의 만남은 쥐도 새도 모르게 가져야 했네. 거리를 활보할 수도 없었고 공원으로 놀러 갈 수도, 산에 갈 수도 없었네.

어쨌건, 그렇게 둘이서 밀애를 즐기며 그해 여름을 보내고 쓸쓸한 늦가을의 어느 날이었네. 우리 회사에 하반기 교양이 있기 하루 전날인데 그날 역시 회사 일을 마친 나는 미란이와 같이 모텔에 갔었네. 모텔에 가기는 했으나 그날은 그곳에 오래 머물러 있을 수는 없었네. 다음날 있을 강연 때문이었네.

당시 내 직함은 업무부장이었네. 업무부장으로서 교양 시간이면 사원들에게 강연하는 임무를 맡고 있었네. 물론 초빙 강사가 있기는 하네. 하지만 초빙 강사의 강연이 있기 전에 사회자가 그 분기에 일어난 보험 사고와 판매 실적을 전 사원에게 보고하는 과정이 있는데 그 보고가 끝나면 업무부장인 내가 보험 사고 예방과 우리의 마음가짐 제고 차원에서 훈시 정도로 간단히 강연하는 것이네.

강연을 위해서 특별히 준비할 것은 없네. 하지만 강연할 내용에 대해서 대략적으로라도 준비가 필요했던 나는 밤 10시쯤 모텔을 나와서 미란이를 데려다주기 위해 그녀의 아파트가 있는 안양 쪽으로 차를 몰았네. 그녀의 아파트는 산장아파트였는데 신림사거리에서 서울대학교 방향으로 조금 가다 우회전해서 삼성산 고개를 넘고 터널을 지나면 그곳에 있었네.

밤늦은 시간의 쓸쓸한 도로에서는 횡단보도의 신호등만이 외롭게 명멸했고 가로수들 사이로 저 아래 내려다보이는 신림동 시가지의 불빛은 검은색 보자기에 보석을 뿌려놓은 것처럼 아름답게 반짝였네. 하지만 그날은 왠지 그런 아름다운 비경은 보이지 않고 기분이 납덩이처럼 가라앉기만 했네. '내가 지금 이렇게 무책임하게 살아도 되나?' 나의 외도에 새삼 반성이 일며 자중하자는 생각이 드는 것이었네.

롤러코스터처럼 굽은 도로를 얼마쯤 가자 터널이 나오고 터널을 빠져나가자 내리막길이 나오면서 미란이의 아파트가 보였네. 미란이의 아파트로 가려면 우회전해야 하는데 나는 좌회전해서 약수터 진입로로 들어갔네. 그녀의 아파트로 가면 아파트 관리인의 눈에 띄는 것은 물론이고 미란이를 아는 사람이 있을지도 모르네. 그래서 그녀를 데려다줄 때면 항상 약수터로 들어가 그곳에서 내려주고 약수터 회차 지점에서 차를 돌려 나오고는 했었네.

그곳 약수터는 아파트 주민들의 휴식 공간이라서 작은 공원도 있고 운동기구도 있고 미란이의 아파트로 내려가는 계단도 넓고 깨끗하게 잘 조성되어 있었네. 하지만 약수터 진입로 한쪽으로는 높은 산이 있는 데다 커다란 가로수들이 울창해 있어서 무척 어두웠네. 달덩이 같은 가로등이 드문드문 켜져 있기는 했으나 가로

등 주위만 희미하게 비출 뿐이어서 무척 으스스하고 음산한 기분까지 들었네. 그런데 그 진입로를 조금 들어갔을 때였네.

"어머! 저게 뭐죠?"

전방을 바라보던 미란이가 소스라치듯 놀라며 말했네. 나도 등골이 오싹하며 소름이 끼쳤네. 약 100m 전방의 도로 중앙선 부근에 무엇인가 짐승으로 보이는 시커먼 물체가 웅크리고 앉아서 우리 쪽을 노려보고 있었기 때문이네. 얼핏 보기에는 날렵하고 사나운 멧돼지나 곰 같기도 했는데 그것이, 휙! 하고 달려들기 직전 몸을 도사리듯 납작 엎드린 모습으로 우리가 가까이 다가가기를 기다리듯 있었네.

나는 급히 브레이크 페달을 밟아서 차를 세우고 그 괴물을 좀 더 자세히 바라보았네. 자세히 보니 그것은 짐승은 아니고 사람, 그것도 여자 같았네. 하지만 여자라는 확신이 선 뒤에도 두려움은 가시지 않았네. 이렇게 쌀쌀하고 으스스한 밤, 인적도 없는 산속 도로에 여자 혼자 웅크리고 앉아 있으니 말일세. 더구나 그녀의 행색이나 자세가 이해되지 않았네. 원피스로 보이는 검은색 옷은 갈기갈기 찢어져서 하얀 허벅지와 엉덩이가 불쑥 드러나 있었고, 흘러내린 머리카락은 귀신처럼 얼굴을 가렸고. 정말 사람이 맞을까? 하는 의심이 들 정도였네.

"여자잖아요?"

미란이의 목소리는 여전히 겁에 질려서 소곤대듯 했네.

"그런 거 같아."

"그런데 왜 저러고 있죠?"

"글쎄… 사고를 당한 거 같은데. 교통사고…."

교통사고 외에 다른 사고의 가능성을 생각해 낼 수가 없었네. 여자가 밤늦은 시간에 산속 도로에서 옷이 벗겨진 채 웅크리고 앉아 있으니 말일세. 교통사고를 당해서 다리가 부러졌거나 아니면 하체가 어떻게 되어서 움직이지 못하는 상태라고 생각할 수밖에 없었네.

"교통사고요? 그런데 왜 아무도 없지요?"

"글쎄… 뺑소니쳤을까?"

나는 어두컴컴한 여자의 주변을 자세히 살펴보았네. 그녀 주변에는 가로등 불빛이 희미하게 비추고 있었는데 인적은커녕 나뭇잎조차도 잠든 듯 고요하기만 했네. 왠지 좋지 않은 예감이 머릿속을 스쳤네. 무슨 사건에 휘말려 드는 것도 같았고.

"너무했다. 저렇게 해놓고 뺑소니를 치다니…."

이제 마음이 놓이는지 미란이의 목소리는 조금 안정되어 있었네.

"맞아."

나도 그녀가 몹시 걱정되었네. 추운 밤에 알몸이다시피 한 상태로 산속 도로에 버려지듯 있으니 말일세.

“빨리 경찰에 신고해요.”

미란이의 목소리가 새삼 다급해졌네. 내가 보기에도 급히 병원으로 옮기지 않으면 안 될 것 같았네. 하지만 나는 선뜻 마음이 내키지 않았네. 생각해 보게. 경찰에 신고하고… 그러면 경찰이 물을 걸세. ‘밤늦은 시간에 그 약수터에는 왜 갔었지요?’ 하고 말이네. 그러면 나는 뭐라고 대답해야 하나? 애인 데려다주러 갔었다고? 아니네. 그렇게 말할 수는 없네. 미란이와 나의 관계는 누구한테도 말을 해서는 안 되네. 그렇다면 나는 밤늦은 시간에 이곳 약수터에 왜 왔다는 말인가. 공휴일도 아니고 온종일 회사에서 일하고 자정이 가까운 시간, 그것도 동네 약수터는 놔두고 우리 집과는 반대 방향인 이 산속 약수터에 도대체 나는 왜 왔다는 말인가?

미란이와 나의 관계가 소문나는 일 말고도 걱정되는 문제가 또 있었네. 잘못하다가는 내가 사고를 낸 가해자로 의심받을 수도 있다는 문제네. 이곳 약수터 도로는 밤에는 차량 통행이 거의 없는 산속 도로의 끝 지점이네. 그런데 자정이 되어가는 이 시간에 내 앞에 다른 차가 지나가다 사고를 내고 뺑소니쳤을 것이라는 내 주장을 경찰들이 그대로 믿어줄지 그것이 의심되었네.

“준호 씨! 왜 그래요?”

내가 망설이고 있자 미란이가 이상하다는 듯이 눈을 동그랗게 뜨며 나를 보았네. 나는 걱정되는 문제들을 솔직하게 말해 주었네. 자정이 다된 지금 시간에 이곳 약수터에 온 이유에 대해서 경찰이 물으면 나는 뭐라고 대답하느냐. 잘못하다가는 내가 용의선상에 오르고 그러면 미란이와 나의 관계까지 세상에 알려지게 될 수 있다. 그러면 미란이나 나의 직장 생활은 끝이고 가정까지도 불행해질 수가 있다고 말이네.

"저하고 같이 있었다고 말하면 안 되지요?"

미란이의 커다란 눈이 깜박임도 없이 나를 빤히 보았네.

"내가 지금 시간 이곳에 와있는 이유를 거짓말로 둘러대야 하는데 그 말을 믿지 않고 계속 추궁해오면 어쩔 수 없이 미란이하고 같이 이곳에 온 사실을 말해야 할지도 몰라. 그리고 우리는 저녁때부터 신림사거리나 여러 군데의 시시티브이를 지나왔어. 그 시시티브이에 내 차 번호가 찍혔을 거고 미란이의 얼굴도 찍혔을지 모른다고."

나는 가만히 미란이의 눈치를 살폈네.

"그럼 그냥 가요. 보는 사람도 없는데 뭐. 저도 사실 저 여자가 무섭기는 해요. 어떤 여자인지도 모르잖아요."

미란이는 저울질해 볼 필요조차 없다는 듯이 쉽게 말했네.

"그래. 일을 복잡하게 만들 필요가 없어."

나는 고개를 끄덕였네. 그냥 가자고 말해 주는 미란이가 옆에 있어서 다행이라는 생각도 들었네. 사고당해서 쓰러져 있는 사람을 보고 왜 그냥 갔느냐고 누가 물어오면 '같이 타고 있던 사람이 도망가자고 해서'라는 핑계를 댈 수 있으니 말이네.

"갈 거면 빨리 가요. 이 약수터는 아파트 옆이어서 밤에도 사람들이 가끔 올라오거든요."

"그래, 얼른 여기를 뜨자고."

나는 주위를 다시 한번 살펴보고 조용히 차를 출발시켰네.

"우리를 보는 거 같아요."

미란이는 쓰러져 있는 여자에게서 시선을 떼지 않았네.

"그쪽은 보지 마."

그렇게 말은 했지만 나도 그녀가 궁금하기는 했네. 어떻게 생겼으며 상태는 어느 정도인지 말일세. 나는 그녀를 지나치며 곁눈으로 슬쩍 보았네. 가까이서 보니 그녀의 모습은 무척 심각해 보였네. 머리를 다쳤는지 얼굴에는 피가 흐른 자국이 선명히 있었고 옷은 다 찢어져서 허벅지와 엉덩이는 드러나고, 그런 상태에서 오른쪽 팔꿈치로 땅을 짚고 버티듯 있었네. 나는 얼른 약수터 회차 지점으로 들어가서 미란이를 내려주었네. 천만다행으로 약수터에는 아무도 없었네.

"우리는 아무것도 보지 못한 거야. 알았지?"

"알아요."

미란이에게 다짐받은 나는 눈인사를 하며 고개를 끄덕여주고 얼른 차를 출발시켰네. 나에게 걸었던 기대가 무너져서일까? 사고당한 그녀는 이제 의식까지도 잃었는지 버티듯 있던 상체마저도 무너져서 죽은 듯이 도로 위에 널브러져 있었네. 숨이 막히고 누군가가 내 목덜미를 움켜쥘 것만 같아서 목이 움츠러들었네. 도망가듯 급히 차를 몰아서 나는 약수터를 빠져나왔네.

다음날, 강연해야 하는 나는 여느 때보다 조금 일찍 회사에 출근했네. 미란이는 아직 출근하지 않았는지 그녀의 자리는 비어 있었네. 나는 휴게실에 있는 커피 자판기로 가서 커피부터 한 잔 빼서 들고 창문 옆에 가서 섰네.

어젯밤에 잠을 제대로 자지 못한 데다 약수터에서 있었던 일이 머릿속을 짓누르고 있어서 기분이 좋지 않았네. 사고당해서 구조를 바라듯 있던 그녀는 누가 병원으로 옮기도록 조치했는지 걱정되었고, 도움이 절실해 보이는 그녀를 그냥 두고 도망치듯 온 일 때문에 그녀에게 미안했고 일말의 죄책감도 들었네.

잠시 있자 많은 사원이 줄지어 출근하기 시작했네. 교양이 있는 날이어서 사원들 모두는 반듯하게 정장을 입고 넥타이를 매고 있었는데 나를 보더니 공손하게 허리를 굽히며 인사했네.

"부장님 요즘 더 젊어지신 거 같습니다."

"그래? 하하하!"

"부장님은 언제 보아도 인자하신 스승님 모습입니다."

"고맙군."

다른 때와 마찬가지로 나는 여유 있고도 점잖게 고개를 끄덕이며 웃어주었네. 출근하는 사원들에게 인사를 받으며 커피를 다 마신 나는 천천히 걸어서 내 자리로 갔네. 내 책상은 업무부의 맨 안쪽, 사장실 문 옆에 있었네.

자리에 앉은 나는 책상 서랍을 열고 내가 작성해놓은 메모지를 찾아보았네. 내가 오늘 강연할 내용들의 주요 부분이나 순서를 헛갈리지 않도록 적어놓은 A4 용지이네. 그 메모지는 서랍 속에 첫눈에 보이도록 있었는데도 엉뚱한 생각에 골똘해 있던 내 눈에는 그 종이가 보이지 않아서 한참을 이 서랍 저 서랍을 드르륵거리며 열었다 닫았다 하다가 겨우 메모지를 집어 들었네.

강사들 대다수가 그렇겠지만 나도 내가 강연할 내용은 내가 직접 작성한다네. 평소에 생활하면서 접하거나 듣게 되는 감동적이거나 신선한 세상 풍경을 꼼꼼히 메모해 두었다가 내 경험으로 각색하고 응용해서 써먹는 것이네.

자네도 알고 있겠지만 강연이라는 것은 한 개인의 인생철학이나 지식, 인격 등을 많은 사람에게 유감없이 내보일 수 있는 좋은 기회네. 강연의 내용이 과장되었거나 거짓말로 포장되어 있다고 하더라도 강연을 듣는 사람은 그 강연 내용이 앞에 서서 강연하고 있는 사람의 인격이며 지식으로 여기게 된다는 말일세. 따라서 그 강사를 부러워하고 존경하게 된다네.

내가 부장이라는 직위에까지 오르고 사원들에게 강연할 수 있다는 것은, 나는 우리 회사에서 인격적으로 그만한 대우를 받고 있다는 뜻이 될 것이네. 하지만 그런 대우를 받기까지 나는 그만큼 고생했네. 잔뼈가 굵어지도록 우리 회사의 운명과 생사고락을 같이 한 사람이라는 말일세.

나는 지금 우리 회사 사장인 '이달수'보다도 선참이네. 먼저 있었던 사장이 얼마 전에 아들인 이달수에게 자리를 물려주고 경영 일선에서 물러났기 때문이네. 우리 회사에서 나의 선참이라면 '박선명' 전무가 있는데 그 사람은 인자하고 우유부단한 사람으로 내 의견에 의지하고 나의 결정에 따르기만 하는 사람이네.

지금의 회사에 입사했을 때 나도 처음부터 바로 본사에서 근무한 것은 아니네. 영등포 영업소에서 3년간 영업사원으로 일하다가 미란 씨처럼 최우수 사원으로 많은 상을 받고 신임받고, 그러다 본사로 발령받아서 근무하게 된 것이네.

내가 우리 회사에 입사했을 그 당시에는 영업사원으로 있으면서 최우수 사원이 되기란 그야말로 하늘의 별 따기였네. 지금은 보험 판매를 케이블티브이나 인터넷 등 온라인으로 하네. 그러면서 보험약관의 장단점을 솔직하게 공개해 주기에 고객들의 오해도 적고 또 보험의 필요성을 그들 스스로 인식하고 자발적으로 참여하기도 하네. 그런 여러 투명성으로 보험 판매원과 고객과의 이해관계가 수평적으로 이루어져 있어서 불신이나 분쟁이 적다는 말일세.

그러나 내가 영업사원으로 있을 그 당시에는 보험이나 보험 사원에 대한 인식이 나빠서 보험회사 사원을 사기꾼처럼 대했네. 멀리서라도 보험회사 사원으로 보이는 말쑥한 차림의 사람이 오면 출입문 손잡이에다 화장실 갔다는 팻말을 걸어놓고 문을 잠그기도 하고, 상담을 마치고 나오면 재수 없다며 문지방에다 소금을 뿌리는 식당도 있었네.

그러기에 우리는 우리대로, 소위 고객 응대 방법이라는 자체 교육이 있었네. 무형의 물건을 파는 당신은 이 시대 최고의 셀러리맨이다. 라는 자긍심을 심어주며 '재떨이가 날아와서 이마를 맞았어도 다시 찾아가서 인사하면 그는 반드시 보험상품을 팔아줄 것이다.'라고 하는 세뇌 교육이네. 구호(口号)도 있었네. '미치려면(及) 미쳐라(狂) 미치면(狂) 미친다(及)'라는 구호인데 그것을 다섯 번씩 소리 내어 외친 다음에 필드(현장)로 나가야 했네.

명상하듯 지그시 눈을 감고 자리에 앉아 있던 나는 승용차를 운전해서 교양하는 장소인 신천지 웨딩홀로 갔네. 우리 회사에 정규 교양이 있을 때는 지점에 있는 사원들이 모두 참석하기에 수백 명이나 되는데 그 많은 인원을 수용할 강당이 없어서 웨딩홀을 빌려서 하는 것이네.

강연장에 들어가자 수백 명의 사원이 자리를 가득 메워서 홀 안은 마치 한여름 밤 개구리 울음소리에 묻힌 들녘처럼 와글와글 소란스러웠네. 사회를 보는 문도용 과장도 무대 옆에 있는 마이크 뒤에 서서 잔기침으로 목을 다듬는 등 준비하고 있었네.

문도용 과장, 그놈에 대해서 말하지 않을 수가 없네. 그는 농구 선수처럼 키가 크고 젊은 놈인데 몹시 골치 아픈 존재네. 그가 우리 회사에 들어온 지는 얼마 되지 않네. 그런데도 과장 자리에 앉아 있는 것은 사장의 조카라는 이유 때문이네.

그는 거침없는 성격인데 그런 성격에다 사장의 비호를 받고 있어서 무례하기 이를 데 없네. 이곳저곳의 부서마다 돌아다니며 아래 윗사람 가리지 않고 다가가서 간섭하고 잔소리하기 때문이네. 나에게도 가까이 와서 내가 서류 작성하는 일을 말없이 내려다보다 가기도 하고 어떤 때는 어이없게도 직접 질문을 하기도 하고 지시하기도 하네.

'내일은 우리 업무과 직원들이 10분 일찍 출근하도록 해서 회사 주변에 청소를 좀 합시다.' 또는, '요즘 판매 실적이 부진한 거 같은데 조회 시간을 늘려서 정신 집중하는 교육을 더 합시다.' 하는 것이네.

그놈의 그런 안하무인 적인 태도 말고 내가 그를 신경 쓰는 중요한 문제가 또 하나 있네. 그는 과장 자리에 오래 머물러 있거나 그것으로 만족할 놈이 아니라는 점이네. 그렇다고 순리에 따른 승진을 기다리지도 않을 걸세. 언제 어느 때든지 차장 자리를 건너뛰어서 내 자리인 부장 자리에까지 올 수 있다는 말일세.

그 한 가지 개연성으로, 나는 현대 교육을 제대로 받지 못해서 외국어에는 한계가 있네. 그런데 대학원까지 나와서 외국인들과 대화가 통하는 그놈은 내가 없어졌을 때를 대비해서, 내 후임으로 들어와 있는 것이라고 볼 수도 있네. 지금도 외국인을 맞이할 때는 내 앞에 그놈이 나서서 사장과 나란히 행보하고, 나는 그들의 뒤를 따라다니며 메모나 해야 하는 초라한 신세라는 말일세.

나는 바늘방석에 앉아 있는 것이네. 행동거지 하나하나에 빈틈이 있어서는 안 되네. 내가 부도덕한 짓을 하거나 비양심적인 일을 저질러서 소문이 나기를 기다리는 사람이 있다는 말일세.

잠시 후, 사장님이 들어오고 곧바로 국민의례가 시작되었네. 그다음 순서로 사장님의 훈시가 있고, 사회자의 보험 사고에 대한 보고가 있고, 이어서 내가 강연할 차례가 되었네. 나는 내가 작성

한 메모지를 상의 안주머니에서 꺼내 들고 연단 앞으로 나갔네. 끝이 보이지 않을 정도로 홀에 가득한 사원들의 젊은 얼굴들, 그들에게서 강당 지붕이 떠나갈 것 같은 박수갈채가 터져 나왔네. 나는 그들을 한 바퀴 휘둘러 본 다음 연단 앞에 서서 마이크를 맞추고 강연을 시작했네.

"날씨가 무척 쌀쌀해졌지요?"

"네-."

강당 안에 울려 퍼지는 사원들의 우렁찬 목소리에 나는 자부심으로 가슴이 터질 것처럼 벅차올랐네. 잠시 사원들을 바라보다 나는 강연을 이어갔네.

"오늘 아침에 출근하다 보니까 육교 밑에서 한 노숙자가 잠을 자고 있었습니다. 그 노숙자를 보니 문득 이런 생각이 들더군요. 저 사람은 왜 인생의 말년에 차디찬 육교 밑에서 잠을 자는 부끄러운 신세가 되었을까?"

말을 중단하고 나는 사원들을 바라보았네. 사원들은 숨소리 하나 없이 눈을 말똥말똥 뜨고 내 강연에 귀 기울이듯 있었네. 나의 색다른 주제에 흥미를 느끼고 관심이 있는 것 같이 보였네. 나는 다시 강연을 이어갔네.

"그 사람에게도 젊어서는 꿈이 있었을 것입니다. 아리따운 여인을 만나서 사랑도 하고 싶었을 것이고 안락한 가정을 꾸며서 인생의 말년을 편안히 보내고도 싶었을 것입니다. 그리고 그런 사랑과 꿈을 위해서 나름대로 열심히 공부하고 노동도 했을 것입니다. 그런데 그 노숙자는 왜 불행한 결과를 맞게 되었을까요? 그의 인생은 왜 실패작이 되었을까요?"

나는 다시 숨을 고르며 사원들을 바라보았네. 존경심이 가득한 젊은 그들의 맑은 눈동자, 그들은 내 강연 내용에 빠져들었듯 숙연해 있었네.

"여러분들은 여러분 자신을 위해서라도 그 이유를 한 번쯤 생각해 보아야 합니다. 물론 인생이 파멸에 이르는 원인은 여러 가지가 있을 것입니다. 그러나 제가 지금 말씀드리고 싶은 것은 열심히 일하고 선하게 살았는데도 노숙자로 전락하게 된 그 경우를 말씀드리는 것입니다. 도박하지 않고 방탕하지 않고 땀을 흘리며 열심히 일했는데도 인생은 파탄 나고 파멸에 이르렀다. 왜 그랬을까요?"

나는 물을 한 모금 마시고 다시 강연을 이어갔네.

"그 원인이 저는 그 사람의 인격에 있다고 생각합니다. 혼자만 잘 살면 된다는 도덕성 빈곤과 남의 불행을 외면하는 인간애의 상실…."

갑자기 내 말에 기운이 없어졌네. 눈물까지 핑 돌았네. 그런데 그때였네. 바지 주머니에 들어 있던 핸드폰이 자지러지듯 진동하기 시작했네. 깜짝 놀란 나는 얼른 핸드폰을 꺼내서 발신인을 보았네. 발신인에 대한 정보가 없는 전화였네. 사원들에게 잠깐 실례한다고 말하고 나는 전화를 받았네.

"여보세요?"

"수고하십니다. 오준호 씨 맞습니까?"

어느 남자의 굵은 목소리였는데 남쪽 지방의 억양이었네.

"네, 오준홉니다."

"아! 그러세요. 저는 K 경찰서 뺑소니 교통사고 담당자 김한철 경장입니다."

순간 나는 가슴이 철렁 내려앉았네. 그때까지 살아오면서 내가 그토록 심하게 놀랐던 일은 처음이네.

"그런데 왜 그러시죠?"

마음을 진정시키고 내가 물었네.

"여쭐 것이 있는데 경찰서로 좀 나와 주시겠습니까?"

"경찰서에? 무슨 일 때문입니까?"

"와 보시면 아시게 될 겁니다. 지금 좀 오십시오."

"지금은 제가 강연하고 있어서 곤란합니다."

"아, 그러세요? 강연은 몇 시에 끝납니까?"

"앞으로 30분 정도는 더 있어야 할 것 같습니다."

"네, 그러면 강연이 끝나는 대로 K 경찰서로 오시기 바랍니다."

"네, 알았습니다."

전화를 끊고도 나는 가슴이 두근거리고 아무것도 보이지 않아서 무엇을 찾으려는 사람처럼 연단 위를 잠시 두리번거렸네. 나는 마음을 진정시키고 다시 강연을 시작했네. 하지만 어디까지 강연했는지 다음에 해야 할 내용은 무엇인지 모두 머릿속에서 지워져 버려서 이어 나갈 다음 말을 찾을 수가 없었네. 뺑소니 교통사고 담당자라는 그 사람의 목소리만 귓전에서 쟁쟁거렸네.

'내가 왜 이러지? 나는 아무 잘못이 없어. 걱정할 필요가 없다고.'

나는 다시 물을 한 모금 마셔서 정신을 가다듬고 강연을 이어 갔네.

"저는 지금까지 그 누구보다도 떳떳하고 양심적으로 살아왔습니다. 세상 사람들을 따듯한 시선으로 바라보며… 한 점의 부끄러움도 없이… 아, 죄송합니다. 몸이…."

나는 서둘러서 강연을 마쳤네. 강연할 내용은 아직 남아있었으나 왠지 갑자기 자신이 없어졌네. 강연 내용이 마음에 들지 않고 감흥도 없어졌네. 머릿속에는 어젯밤 약수터에서 있었던 일만 선명하게 부각 되고 사고를 당해서 쓰러져 있던 그녀의 빳빳한 시선만이 나를 쏘아보고 있었네.

*

강연을 마친 나는 혼자 회사로 돌아왔네. 원래는 직원들과 같이 점심이 예정되어 있었지만 점심을 먹을 기분이 아니었네.

썰렁한 사무실, 책상 앞에 앉은 나는 뺑소니 담당자가 나를 보자고 하는 이유에 대해서 가만히 생각해 보았네. 혹시 내가 사고를 내고 뺑소니쳤다고 의심하는 것은 아닐까? 분명히 말하지만 나는 아무 잘못이 없네. 나는 떳떳하다는 말일세. 어떤 여자가 사고를 당해서 도로 위에 쓰러져 있기는 했지만, 그것은 볼 수도 있고 보지 못할 수도 있는데 나는 보지 못한 것이라는 말일세.

K 경찰서로 가기 위해 나는 자리에서 일어섰네. 약수터에서는 아무것도 보지 못했다고, 약수터에는 아예 들어가지 않았다고 말할 생각이네.

K 경찰서에 간 나는 주차장에 차를 세워놓고 뺑소니 전담반이라는 곳을 찾아보았네. 뺑소니 전담반은 K 경찰서 본 건물 옆의 낡고 작은 패널 건물에 별도로 있었네. 뺑소니 전담반이라는 곳으로 가려니까 내가 마치 뺑소니 운전자라도 되는 것 같아서 남들의 눈치가 보이고, 그들이 나를 이상한 눈으로 쳐다보는 것도 같아서 기분이 좋지 않았네.

뺑소니 전담반이라는 표찰이 붙어 있는 문 앞에 간 나는 조심스럽게 노크하고 문을 열어보았네. 그 안은 넓은 사무실이었고 많은 책상이 있었는데 자리는 거의 비어 있고 두 명의 경찰관이 각각 다른 책상에 앉아서 사무를 보고 있었네. 나는 한 걸음 안으로 들어가서 나에게 전화했던 김한철 경장을 찾아보았네. 책상 위에는 모두 명패가 있어서 김 경장을 쉽게 찾을 수 있었는데 그의 앞 의자에는 청바지를 입은 젊은 사람이 앉아서 김 경장에게 무엇인가를 열심히 설명하고 있었네. 나는 김 경장 앞에 서서 그들의 이야기가 끝나기를 기다리고 있었네. 그러자 김 경장이 누구냐고 하듯 나를 올려다보았네.

"아침에 전화 받은 오준홉니다."

"아! 네, 저기 의자에 잠깐 앉아계시죠."

김 경장은 통로 벽에 붙어 있는 긴 의자를 가리켰네. 나는 그 의자 쪽으로 다가갔네만 앉지는 않고 서서 사무실 안을 둘러보았네. 책상마다 서류들이 어수선하게 놓여 있었는데 경찰서라서 그런지 분위기가 가라앉아 있었네. 조금 후 청바지를 입은 사람이 자리에서 일어섰고 나는 김 경장에게로 갔네.

"앉으시죠."

김 경장이 서류를 간추리며 사무적으로 말했네. 나는 김 경장 앞에 있는 의자에 앉아서 무슨 일이냐고 하듯 그를 바라보았네.

"이봐요! 오 선생님! 도대체 어찌 된 일입니까! 네?"

김 경장은 책상 위의 서류들을 치우고 컴퓨터 모니터를 들여다 보며 새로운 파일을 찾는 듯 마우스를 뱅글뱅글 돌리며 나를 동정하는 투로 말했네. 목소리가 큰 편인 것 같았는데 나는 그의 첫 마디부터 기분이 나빴네. 어쩌다가 그런 사고를 냈느냐고 하는, 딱하다는 말투였기 때문이네.

"무슨 말씀이신지요?"

나는 아무것도 모르는 사람처럼 의아한 표정을 지으며 김 경장을 바라보았네. 그러자 김 경장은 '이 사람이?' 하듯 동그란 눈으로 나를 잠시 보더니 좀 더 큰 소리로 말했네.

"선생님 차 51두 8××× 아닙니까?"

내 차 번호를 어떻게 알았을까? 기분이 나쁘면서도 대답을 신중하게 해야겠다는 생각이 들었네.

"번호는 맞습니다."

그게 뭐 어떠냐고 따지듯 단호하고 퉁명스럽게 대답했네.

"어젯밤 11시경 약수터에 갔었지요?"

전기에 감전되듯 뜨끔했네. 약수터에는 아예 가지 않은 것으로 시치미 떼려고 했었는데 알고 있으니 말일세. 물론 유도신문일 수 있네. 하지만 알고 묻는 것일 수도 있으니까 약수터에 갔었던 사실을 가지 않았다고 우길 수는 없네.

"안양 가려다 밤이 늦어서 포기하고 약수터에 들어가 차를 돌려서 나왔습니다."

나도 모르게 얼른 둘러댔네. 그 거짓말이 어떻게 그렇게 즉흥적으로 튀어나왔는지 모르지만 나는 만족했네. 물론, 왜 하필 약수터에 들어가서 차를 돌렸느냐고 물을 수도 있지만 그것은 내가 그러고 싶어서 그랬다고, 그게 죄가 되느냐고 따질 수도 있는 부분이니까 괜찮다는 생각이 들었네.

"그때, 약수터에서 무슨 일 있었지요?"

"무슨 일이라니요?"

"한 여자가 사고를 당해서 도로 옆에 쓰러져 있었는데 모른다는 말씀이세요?"

김 경장은 내 표정을 살피기라도 하듯 나를 빤히 바라보았네. 다른 경찰의 시선까지도 나에게로 집중되어서 나는 얼굴이 화끈했네.

"여자가요? 저는 전혀 모르는 일입니다."

내 말에 김 경장은 나를 가만히 바라보더니,

"선생님 차 보험에 들었을 거 아냐! 안 들었어요?"

자존심 건드리는 말을 또 하는 것이었네. 보험으로 처리하면 될 텐데 왜 오리발이냐는, 그런 뜻이네.

"보험에는 들었습니다. 하지만 그걸 왜 묻습니까?"

나는 기분 나쁜 듯이 미간을 찡그렸네.

"왜 그러십니까!"

김 경장은 다 알고 있다는 듯이 미소까지 지었네. 그러더니,

"제가 누군지 알아요? 귀신은 속여도 저는 못 속입니다."

하고 너스레를 떨었네. 참으로 황당한 일이었네. 코웃음이 나오기도 했지만 나는 진지하게 대답했네.

"무슨 말씀을 하시는 거지요? 제가 뭘 속인다는 말씀입니까?"

솔직히 말하면 나는, 왜 나에게 그런 정신 나간 소리를 하느냐며 대들고 싶었지만 김 경장의 비위를 건드릴 필요가 없다는 생각에 언짢은 기색만 드러냈네.

"자아, 그러지 말고 쉽게 합시다. 빨리 마무리 짓자고요. 알았지요?"

김 경장은 컴퓨터 글자판을 잡아당겨서 바로 놓으며 친근감이 물씬 풍기는 나지막한 소리로 어린아이 달래듯이 말했네.

"마무리라니요? 혹시 제가 교통사고를 냈다고 생각하시는 겁니까?"

나는 이제 노골적으로 따져 물었네.

"알 만한 사람 같아서 대우해 주려고 하니까 왜 자꾸 엉뚱한 소리 하고 그러세요!"

김 경장이 발끈 소리를 질렀네. 그러더니 다시 말했네.

"이건 교통사고예요! 교통사고! 하루에도 수십 건씩 일어나는

교통사고라고요! 무슨 말인지 알아요? 피해자 보험 처리해 주고 합의서 한 장 받아 오면 끝나는 일이라고요! 피해자 과실일 수도 있고 말이에요!"

"무슨 말씀을 하시는 겁니까! 저는 교통사고는 전혀 모릅니다! 교통사고와는 아무 상관이 없는 사람입니다!"

나도 지지 않으려고 큰 소리로 따지고 대들었네.

"어이! 김 경장! 번한 사건을 놓고 뭘 그리 어렵게 처리하나! 어젯밤 늦게 약수터에 들어간 차는 저 사람 차밖에 없어. 그 사실이 증명해 주는데 왜 그래!"

구석진 곳의 책상 앞에 앉아 있던 경찰이 나 들으라는 식으로 크게 말했네. 하회탈같이 광대뼈가 튀어나오고 나이도 들어 보이는 경찰이었네.

"그런 말 함부로 해도 되는 겁니까? 조사해 보면 다 알게 될 텐데 왜들 그러세요!"

방금 말한 경찰을 보며 나는 비웃듯이 말했네.

"그럼 됐지 뭘 그렇게 겁을 내나! 조사해 보려고 하는데 왜 서로 노곤하게 그러냐고요!"

김 경장이 말했네. 그는 존댓말을 했다 반말했다 그러더니 이제는 비아냥거리기까지 했네.

"사고를 당했다는 그 여자한테 물어보면 되지 않습니까!"

내가 답답하다는 듯이 말했네.

"그 여자는 의식이 없을 뿐만 아니라 피를 많이 흘려서 중태예요! 병원에 조금만 일찍 갔어도 생명에는 지장이 없을 거라고 하던데 지금은 위독한 상태라고요!"

나는 가슴이 뜨끔했네. '병원에 조금만 일찍 갔어도…' 나 들으라고 하는 소리 같았네.

"자아- 일단 약수터에 갔던 일부터 조서를 꾸며봅시다."

김 경장은 모니터를 들여다보며 마우스를 딸가닥거렸네.

"제가 범법자인가요? 왜 조서를 꾸밉니까!"

"범인이 잡히기 전까지는 우리 모두 피의자가 되는 거예요! 피의자 누명을 벗겨드리려고 조사를 하는 거고요!"

말은 번지르르했네. 그가 다시 말했네.

"간단해요! 그날 약수터에서 있었던 일을 사실대로만 말하면 되는 거야! 안 그래요?"

할 말이 없었네. 사실대로만 말하면 된다는데 더 이상 무슨 말을 한다는 말인가.

"그러니까, 저녁 23시경 51두 8××× 검은색 승용차를 운전하며 시속 약 50킬로로, 맞습니까?"

김 경장은 모니터에서 시선을 떼지 않은 채 누런 글자판을 탁탁 두드렸네. 손놀림은 경쾌했고 말소리는 흥겹게까지 들렸네.

"맞습니다."

속이 상할 대로 상한 나는 대답을 할까 말까 망설이다 퉁명스럽게 대답했네. 내가 왜 이렇게 되었는지, 내가 왜 이런 일로 경찰서에 와서 조서를 꾸며야 하는지 어이없고 김 경장이 무능하게 보이기도 했네.

"진입로를 통해서 약수터로 갔다. 맞죠?"

"네."

"밤중에 그 약수터는 왜 갔습니까?"

생각하고 있었던 질문이었네.

"차를 돌리려고 들어갔었습니다."

차를 돌리려고 약수터의 좁은 도로 안에까지 들어가다니 내가 생각해도 우스운 대답이었네. 하지만 달리 둘러댈 말이 없었네. 김 경장은 잠시 무슨 생각을 하더니 질문을 이어갔네.

"어디를 가는 중이었습니까?"

"안양 가던 중이었습니다."

"그때 피의자 차에 누구하고 같이 있었습니까?"

나는 은근히 긴장되었네. 미란이와 같이 있었던 사실까지 알고 있으면 어쩌나 해서였네. 하지만 나는 일단 버텨보기로 했네.

"혼자였습니다."

"피의자가 진입로로 들어갔을 당시 도로 주변에 누군가가 있었습니까?"

여자가 쓰러져 있었던 것을 사실대로 말할까 하고 나는 잠시 대답을 망설였네. 하지만 사고를 당해서 도움이 필요한 사람을 보고도 그냥 왔다고 말하려면 그럴만한 급한 사정이 있어야 하는데 아무리 생각해도 그런 급한 사정을 댈 것이 없었네. 더구나 선불리 둘러댔다가는 경찰에게 의심만 더 사게 되어 결국에는 나와 미란이의 관계까지 털어놓아야 하는 상황이 올 수도 있었네.

"아무도 없었습니다. 아니, 보지 못했습니다."

"피의자가 약수터에 들어갈 당시 뒤따라 들어온 차는 있었습니까? 없었습니까?"

"뒤따라 들어온 차? 없었습니다!"

말하기도 싫다는 듯이 나는 짜증을 냈네.

"'없었다.' 좋아요. 간단하잖아요."

김 경장은 글자판을 두드리더니 이제 다 되었다는 식으로 모니터를 들여다보며 손가락을 오므렸다 폈다 관절 운동을 했네.

"이봐요? 지금 생사람 잡으려고 각본을 만드는 거요! 뭐요!"

나는 자리에서 벌떡 일어서며 김 경장에게 소리 질렀네. 내가 불리한 쪽으로 조서가 꾸며지고 있음을 알 수 있어서네.

"이봐요? 오 선생! 회사에서 지위도 있고 해서 잘 처리해 주려고 하는데 왜 자꾸 엉뚱한 소리 하고 그러세요! 계속 버티면 어떻게 되는지 알아요? 특정범죄가 되는 겁니다! 특정범죄! 그걸 알아야지요!"

"잘 처리해 주다니요! 죄 없는 시민을 불러다 놓고 가해자로 만드는 게 잘 처리해 주는 겁니까!"

감정이 격해져서 내 목소리는 떨리기까지 했네.

"이 사람 이거 영장 쳐야지 안되겠구먼! 지금까지 확보한 증거로 영장 안 떨어질 줄 알아요! 구속 수사하겠다는 말이에요!"

김 경장은 의자를 조금 뒤로 빼서 물러앉으며 나를 빤히 보았네.

"치세요! 영장 쳐요!"

해보자는 듯이 나도 언성을 높였네. 하지만 속으로는 뜨끔했네. 정말 구속 수사하면 큰일이기 때문이네. 물론 나에게는 아무 잘못이 없네. 하지만 그런 진실은 등을 돌린 채 저만치에 가 있고 지금 나에게는 불리한 정황과 정말 구속까지 할 수 있는 사람이 의기양양하게 앉아 있는 것이네. 나는 절절매는 강아지처럼 다시 의자에 앉았네.

"버틸 게 따로 있는 거야! 생각해 보라고! 차에 치인 사람이 있는데 그곳을 지나간 차는 오 선생님 차밖에 없어! 누가 그랬나! 귀신이 그랬나?"

"저는 정말 모르는 일입니다! 조사해 보면 다 아실 거라고요."

기가 꺾인 내 목소리에는 힘이 없었네.

"그러니까 지금 조사를 하는 중이잖아요!"

김 경장하고는 도저히 말이 통할 것 같지 않았네. 나는 오늘은 일단 돌아갔다가 내일 다시 경찰서에 와서 김 경장을 만나야 하겠다고 생각했네.

"운전하다 보면 접촉 사고도 낼 수 있고 인사 사고도 낼 수 있는 거예요!"

김 경장의 목소리는 다시 타이르는 소리로 변했네. 그는 프린터에서 조서를 집어 들어서 내 앞으로 내밀며 진술한 내용과 다른 부분이 있는지 살펴보고 지장을 찍으라고 했네. 나는 조서를 읽어 볼 필요도 없이 이름을 쓰고 지장을 찍었네.

"오늘은 일단 돌아갔다가 17일 10시에 다시 와요! 알았지요!"

김 경장은 이제 다 되었다는 듯이 서류를 간추리며 꾸짖는 투로 말했네. 17일이면 일주일 남았네. 하지만 나는 내일 다시 와서 김 경장을 만나리라 생각하며 자리에서 일어섰네.

"집에 보내주는 걸 고맙게 생각해야 돼요!"

출입문 쪽으로 향하는데 등 뒤에서 들려오는 김 경장의 목소리가 내 기분을 참담하게 만들었네. 다른 경찰이 나를 쏘아보는 것도 같아서 목이 움츠러들고 등골이 서늘하기도 했네. 창피한 나는 얼른 문을 열고 밖으로 나왔네. 갑자기 몸이 휘청거려지며 눈앞이 흐려졌네.

*

건물 밖으로 나온 나는 승용차로 가려다 담배를 꺼내 물고 담장 옆에 있는 벤치로 갔네. 그곳에는 커다란 은행나무가 한그루 있었는데 노란색으로 물든 은행잎들이 햇살을 받아서 산호초처럼 분홍색으로 빛나고 있었네. 아무 사고 없이 지금까지 잘살아왔는데 갑자기 이게 무슨 날벼락인가 해서 화가 났네.

나는 김 경장이 정말 나를 가해자로 생각하고 있는지 아니면 단순히 내 속마음을 떠보려고 그러는지 그 진의를 곰곰이 생각해 보았네. 내가 정말 구속되면 큰일이기 때문이네.

물론 나에게는 아무 잘못이 없네. 그러기 때문에 구속되더라도 진실이 밝혀지는 즉시 나는 풀려나기는 할 것이네. 하지만 풀려나는 그것이 문제가 아니네. 내가 구속되면 그 즉시 나의 명예는 땅에 떨어지고 수십 년간 공들여 쌓아놓은 가정은 엉망이 된다는 말일세. 그뿐만이 아니네. 혐의를 벗기 위해서 나는 미란이를 바래다주려고 약수터에 갔었다는 진실을 말하지 않을 수 없고, 그러면 회사 사람들이 뭐라고 하겠는가.

'오 부장, 그 사람 말이야. 점잖은 사람인 줄 알았더니 미란 씨

하고 불륜 관계였다네?'

'부도덕한 사람! 위선자!'

"흐흐흐-."

갑자기 내 입에서 웃음이 터져 나왔네. 웃지 않으려고 입술을 힘주어 다물었는데도 눈물이 고이면서까지 입에서는 '크크킄!' 하는 웃음이 계속 터져 나왔네. 문도용 과장의 얼굴이 눈앞에 나타났네. 그렇지 않아도 나에게서 무엇이든 트집을 잡으려고 감시하고 있는 문도용 과장, 그가 이 일을 알면… 미소를 지을 걸세. 나를 지긋이 바라볼 뿐 말없이, 그러나 게임은 끝났다고 하는 미소를.

'안 돼!'

나는 고개를 좌우로 흔들었네. 죽으면 죽었지, 나와 미란이의 관계가 회사 사람들에게 알려져서는 안 되었네. 나는 담배꽁초를 담장 밑으로 던져버리고 빠르게 걸어서 승용차로 갔네.

나는 어떻게 하면 이번 사건에서 소리소문없이 빠져나갈 수 있는가를 잘 생각해보았네. 그러나 결론은 간단했네. 며칠 내로 진짜 가해자가 잡히든가 아니면 나는 가해자가 아니라는 증거나 증인을 찾아서 김 경장의 코앞에 들이미는, 그 일 아니고 무엇이겠는가.

다음날, 나는 약수터의 사고 현장을 다시 찾아갔네. 사고 현장의 지형은 어떻게 생겼는지, 시시티브이가 어디 어디에 설치되어 있는지 알아보기 위해서였네. 그리고 사고에 대해서 나의 결백을 증명해 줄 어떤 단서라도 찾을 수 있을까 해서였네.

신림사거리와 안양 방향으로 가는 교차로에는 몇 개의 시시티브이가 설치되어 있었네. 그리고는 다행스럽게 약수터에 이르기까지 시시티브이는 없었네.

약수터 진입로를 조금 들어가자 도로 중앙선 부근에 흰색 스프레이로 동그랗게 표시된 곳이 나왔네. 피해 여자가 쓰러져 있던 곳으로 경찰들이 표식을 해둔 것 같았네. 그곳에도 시시티브이는 없었네. 나는 승용차를 세워놓고 차 밖으로 나가서 피해자가 쓰러져 있던 그 주변을 자세히 살펴보았네. 그러나 그곳의 도로는 먼지 하나 없다고 할 정도로 깨끗했고 주변에서도 사고의 흔적은 발견할 수는 없었네.

나는 다시 승용차를 운전하여 회차 지점으로 들어갔네. 그곳에도 시시티브이는 없었네. 그곳에서 미란이를 내려주었기 때문에 시시티브이가 없는 것은 다행이었네. 하지만 아쉽게도 내 결백을 증명해 줄 어떤 단서는 찾을 수가 없었네. 무슨 좋은 방법이 없을까 궁리하며 나는 약수터를 빠져나왔네.

신림사거리에 오자 도로는 무척 복잡했고 여기저기에서 울리는 요란한 클랙슨 소리로 짜증이 났네. 가로수에는 여러 개의 현수막이 걸려서 몸부림하듯 바람에 펄럭이고 있었네. 그런데 그 현수막 중에서 유난히 나의 눈길을 사로잡는 현수막이 하나 있었네. 교통사고 목격자를 찾는다는 현수막이었네.

'저 사람은 얼마나 답답하고 억울했으면 현수막까지 달았을까?'

지난날에는 그런 현수막이 보여도 관심 없이 지나쳤는데 지금은 현수막을 단 사람의 심정이 이해되었네. 그런데 그때, 나도 현수막을 달아볼까 하는 묘책이 불쑥 떠올랐네. 운이 좋으면 사고의 목격자를 찾을 수 있고, 그렇지 않더라도 내가 범인이 아니라는 진실을 경찰에게 간접적으로 말해주는 효과는 있을 것 같았네. 어쨌건 나도 무슨 수를 써야지 누명을 쓰고 가만히 앉아 있을 수는 없었네.

나는 곧바로 K 경찰서로 차를 몰았네. 현수막을 게시하는 문제가 아니더라도 오늘 김 경장을 만나려고 했으니까 어차피 경찰서에는 가야 했었네.

K 경찰서에 가서 김 경장이 있는 사무실에 들어갔을 때, 김 경장은 민원인으로 보이는 젊은이에게 무엇인가를 열심히 설명하고 있었네. 혹시 김 경장이 오늘 비번이면 어쩌나 걱정했었는데 근무하고 있어서 우선은 다행이었네. 나는 민원인의 일이 끝나면 들어가야 하겠다는 생각에 사무실을 나와 창밖을 내다보며 복도에 섰네.

창밖으로 보이는 K 경찰서 마당에는 햇살이 유난히 밝게 쏟아졌고 비둘기 두 마리가 먹이를 찾아서 두리번거리고 있었네. 정문도 보였는데 경찰차 한 대가 빠르게 들어오더니 K 경찰서 현관문 앞에 멈추고 경찰이 내렸네. 그리고 잠시 있으니 바짝 마르고 시커먼 옷을 입은 50대의 남자가 포승줄에 묶여서 허리를 구부정하게 접은 자세로 내리는 게 보였네. 구속되면 나도 저렇게 되겠지.

조금 있으니 사무실 문이 열리고 민원인으로 보이던 사람이 나왔네. 나는 얼른 사무실 안으로 들어갔네.

"안녕하십니까?"

김 경장에게 다가가며 내가 인사했네.

"아, 어쩐 일이시죠?"

김 경장이 의아한 표정으로 나를 올려다보았네.

"하도 답답하고 걱정도 되고 그래서 왔습니다."

나는 김 경장이 부담 갖지 않도록 해주기 위해서 미소까지 지으며 친근하게 말했네. 사건이 어떻게 되어 가는지, 아직도 나를 가해자로 의심하고 있는지 김 경장의 의중도 떠볼 생각이었네. 김 경장은 피곤한 듯 하품을 하며 기지개를 켜더니 의자에서 일어나 밖으로 나갔네. 나도 김 경장을 따라서 밖으로 나왔네.

"바쁘신데 죄송합니다."

"아니, 괜찮습니다."

김 경장은 커피 자판기가 있는 곳으로 갔네. 나는 내가 먼저 커피 자판기 앞으로 가서 커피를 뽑아 김 경장에게로 내밀었네.

"드세요. 저는 여기 있습니다."

김 경장은 내가 권하는 커피를 사양하더니 주머니에서 동전을 꺼내 커피 자판기에 넣고 쑥차를 뽑았네.

"피해자 만나 보셨습니까?"

김 경장이 쑥차를 들고 현관문 옆으로 가며 말했네.

"피해자요? 만나 보지 않았는데요."

생각지도 못한 의외의 질문에 나는 약간 당황했네. 그리고 불쾌하기도 했네. 피해자를 만나보다니, 내가 왜 피해자를 만나 본다는 말인가.

"피해자 가족이 아침에도 왔었는데 피해자는 아직도 의식이 없답니다."

김 경장은 피해자의 건강 상태를 안타까워하며 나를 나무라는 투로 말했네. 어이없는 일이었네.

"그런데 김 경장님? 저는 억울하고 속상해서 죽겠습니다. 저는 그 사건과는 정말 아무런 관련이 없는 사람입니다."

나는 울상으로 미간을 찡그리며 사정하듯이 말했네.

"우리는 여러 정황과 증거를 가지고 사건을 수사할 뿐입니다."

"어떻게 하면 제가 그 사건과는 관련 없다는 것이 증명되겠습니까?"

"그거야… 증인이나 증거가 있으면 되겠지요."

"큰일 났네…."

내가 혼자 중얼거렸네. 김 경장은 무슨 생각을 하는지 말없이 있었네. 내가 다시 말했네.

"목격자 찾는다는 현수막을 달아볼까 하는데, 그래도 되겠습니까?"

"현수막을요?"

김 경장은 의외라는 듯이 나를 얼른 보았네.

"저는 그 사건과는 정말 아무 관련이 없습니다. 그 사건의 목격자라도 찾고 싶습니다."

조금 화가 난 소리로 나는 단호하게 말했네.

"그러세요. 정 그러시다면 달아보세요."

"현수막을 달려면 어떻게 해야 합니까?"

"현수막 달아주는 광고사에 가서 말하면 알아서 해 줄 겁니다. 제 이름과 전화번호는 아시죠?"

김 경장은 종이컵을 쓰레기통에 던져 넣었고, 나는 김 경장에게 인사하고 K 경찰서를 나왔네. 경찰서에 괜히 왔다는 생각이 들었네. 피해자 가족을 만나보다니 내가 왜 피해자 가족을 만나본다는 말인가.

현수막을 제작하는 광고 대행사는 K 경찰서에서 가까운 곳에 있었네. 나는 그곳에 들어가서 '교통사고 목격자를 찾습니다. 후하게 사례하겠습니다.'라고 하는 내용의 현수막 두 개를 제작해서 하나는 약수터 진입로 입구에 달고 다른 하나는 피해자가 쓰러져 있던 현장에 걸어 달라고 약도를 그려주며 부탁하고 광고 대행사를 나왔네.

현수막을 달고 이틀이 지나갔네. 그런데도 교통사고를 목격했다는 사람의 전화 연락은 한 건도 오지 않았네. 회사에 출근한 나는 오전 10시경 김 경장에게 전화를 했네. 혹시라도 김 경장 쪽으로 연락이 간 것은 없을까 해서였네. 하지만 김 경장에게도 연락은 온 것이 없다고 말했네. 더구나 나를 실망시키는 것은, 목격한 사람이 있다고 해도 귀찮으니까 나타나지 않는 경우가 더 많다고 하는 말이었네. 그뿐만이 아니네.

"오 선생님 승용차를 한 번 봐야 하는데 차가 어디에 있습니까? 회사 주차장에 있습니까?"

하고 말했네. 바짝 긴장되었네. 내 승용차가 회사 주차장에 있으면 어떻게 하겠다는 말인가? 회사로 오겠다는 말인가?

"차는 왜 그러시죠?"

"제가 한 번 봐야 해서 그럽니다."

"회사로 오시면 안 됩니다. 필요하다면 제가 차를 가지고 경찰서로 가겠습니다."

얼른 둘러대기는 했으나 기분이 이만저만 상하는 것이 아니었네. 경찰이 회사로 오다니 그런 창피한 일이 또 어디에 있겠는가.

사무실에 가만히 앉아 있을 수가 없는 나는 휴게실로 가서 커피를 뽑아 들고 창가로 가서 섰네. 멀리 공원에 있는 농구 코트에서 아이들 두 명이 농구공을 가지고 드리블 연습도 하고 슛을 넣기도 하며 놀았는데 그들의 그런 평화스러운 모습이 나를 더욱 우울하게 만들었네.

내 입에서 신음 같은 한숨이 길게 흘러나왔네. 그런데 그때 미란이에게서 전화가 왔네. 내가 경찰서에서 조사받고 있다는 사실을 미란이에게는 말을 해 주었었네. 이번 사건이 마무리될 때까지는 만나지 말자고도 약속해서 우리는 가끔 전화 연락만 하며 지내고 있었네.

"부장님이 자리에 안 계셔서 전화를 드렸어요. 무슨 일이 있는 건 아니시죠?"

미란이가 전화를 주니 불안하던 내 기분이 조금은 안정되었네. 내 곁에는 미란이도 있구나, 해서 위안도 되었네. 더구나 그녀는 내가 범인이 아니라는 진실을 확실하게 알고 있는 사람이기에 울적하던 마음에 기운도 생겼네.

"속이 상해서 잠깐 나왔어."

"빨리 범인이 잡혀야 하는데요."

"그래야 하는데."

"너무 걱정하지 마세요. 설마 부장님에게 무슨 일이 생기겠어요."

미란이가 나직하게 말했네. 말이라도 그렇게 해 주니 고마웠네. 나는 전화를 끊고 다시 커피를 마셨네. 그런데 그때 내 머릿속을 번쩍 스치는 것이 있었네. 미란이가 약수터에 바람 쐬러 가다가 교통사고를 목격한 것으로 증인을 서주면 어떻게 될까 하는 생각이었네. 미란이는 내가 범인이 아니라는 진실을 누구보다도 잘 알고 있기에 증인을 서주는데 소신도 있을 것이네.

나는 고개를 끄덕였네. 그녀야말로 완벽한 증인이었네. 같은 회사에 근무하고 있다는 사실이 꺼림칙하기는 했지만 그렇다고 증인이 안 되는 것은 아니네. 증언은 참고만 될 뿐이기 때문에 가족도 설 수 있고 친구도 설 수 있다는 말을 들은 적이 있었네. 그리고 미란이와 내가 한 회사에 같이 근무하고 있다는 사실을 굳이 말할 필요는 없네. 경찰이 나중에 알게 되면 알게 되는 것이지 회사에 와서 떠들지는 않을 것이라는 말일세.

한 가닥 희망의 빛이 보여서 나는 은근히 흥분되기 시작했네. 물론 미란이가 목격자로 나선다고 해서 경찰의 수사 방향이 바뀌

거나 나에 대한 의심을 지울 것이라고 단정할 수는 없네. 하지만 반증이 생긴 것이나 마찬가지니까 나에 대한 혐의를 굳히지는 못할 걸세.

나는 내 자리로 가서 미란이가 증인으로 나서는 문제를 좀 더 구체적으로 구상해 보았네. 우선은 그녀가 그 사건을 어떻게 목격하게 되었나 하는 문제였네. 그런데 그 문제는 별 어려움이 없었네. 그녀는 그 약수터 옆에 있는 아파트에 살고 있어서 약수터에 자주 간다고 말했었네. 밤에 바람 쐬러 가기도 하고 운동하러 가기도 한다고 말했었네. 그렇게 약수터에 가다가 목격하게 되었다고 말하면 될 것이었네. 약수터 주변에 시시티브이가 없다는 것도 천만다행이었네.

나는 메모지에다 그녀가 목격하게 되는 과정을 순서대로 적어 보았네. '밤 11시경, 아파트를 나온 미란이는 바람 쐬러 약수터로 간다. 약수터에 이르렀을 때 진입로 입구 쪽에서 급제동하는 소리가 들려서 바라보니 흰색 승용차 한 대가 서 있다가 급하게 회차 지점을 돌아 약수터를 빠져나가고, 승용차가 서 있던 자리를 보니 그곳에 누군가가 쓰러져 있었다.'

이렇게만 간단히 증언해 주면 될 것 같았네. 그 시간에 내 차는 이미 약수터를 돌아 나가서 신림사거리에 가 있는 중이네. 내 차가 약수터를 돌아 나간 후에 사고가 난 것이라는 말일세. 중요한 것은, 그 승용차가 흰색이라는 점을 분명히 말해 주는 것이네. 내 승용차가 검은색이기 때문이네.

미란이가 증인으로 나서 주려는지 그것이 걱정은 되었네. 말하자면 거짓 증언인데 말일세. 하지만 미란이도 이 사건을 나 몰라라 하고 있을 수만은 없을 걸세. 사건이 빨리 마무리되지 않거나 내가 누명을 써서 구속되면 자기의 치마에까지 불똥이 튈 수 있다는 것을, 그녀도 알 수 있을 것이기 때문이네.

*

다음날, 그날은 일요일이네. 오전에 집에서 시간을 보낸 나는 오후에 미란이의 아파트 근처에 가서 그녀를 불러냈네. 현수막을 달고도 벌써 며칠이 지나갔으니까 미란이를 증인으로 세우려면 서둘러야 할 것이네.

"부장님, 이렇게 둘이 밖에서 만나기는 오랜만이네요."

미란이가 미소를 지으며 반가운 듯 다가왔네. 빨간빛 루주를 칠한 그녀의 미끄러운 입술이 미소로 벌어질 때 새삼 관능적이라는 생각이 들었네.

"그래, 오랜만이군."

밖에서 오랜만에 단둘이 만나니까 뜨거웠던 지난날이 그리워지며 나도 무척 반가웠네.

"경찰서의 일은 어떻게 되었어요."

승용차 조수석에 앉아 안전띠를 두르며 그녀가 말했네. 내가 갑자기 만나자고 하니까 그녀는 무슨 문제가 있는 것은 아닐까 걱정하는 눈치였네.

"경찰 말이야. 걔네들 하는 짓이 영 마음에 안 들어."

나는 서서히 승용차를 출발시켜서 그녀의 아파트를 벗어났네.

"왜요?"

"김 경장인지 뭔지 하는 인간 말이야. 말도 안 되는 소리만 계속 늘어놓고 있잖아."

나는 산속 도로를 이용해서 안양 쪽으로 조금 가다가 한적하고 안전한 공터에 차를 멈추었네.

"가해자가 빨리 잡혀야 하는데요. 어쨌건 아무 잘못 없는 부장님이 누명이야 쓰겠어요."

"그건 순진한 생각이야. 현실은 그렇게 바르게 돌아가지를 않아."

그녀는 내 말뜻을 가만히 생각해 보는 눈치였네.

"미란 씨가 나 좀 도와줘야 하겠어."

내가 미소 지으며 농담하듯 말했네.

"도와드리다니요? 도와드릴 일이 있으면 얼마든지 도와드려야지요."

"다른 게 아니고 미란 씨가 증인 좀 서 줘."

"증인이라니요?"

"그런 거 있잖아. 사건을 목격했다고 경찰서에 가서 진술하는 거 말이야."

"그래도 되나요? 같은 회사 사람인데."

"그런 거는 상관없어. 그렇다고 우리가 한 회사에 같이 근무하고 있다는 사실을 말할 필요는 없고 그냥 교통사고 나는 걸 목격했다는 그 말만 해줘."

"목격하지도 않았는데 어떻게…."

"목격하나 안 하나 교통사고가 발생하는 과정은 뻔하잖아."

미란이는 생각에 잠긴 듯 있었네. 내가 다시 말했네.

"내가 범인이 아니라는 사실을 미란 씨는 누구보다 잘 알잖아. 그러기 때문에 미란 씨는 진실을 말하는 거야. 그리고 미란 씨가 증인으로 나서면 김 경장이 더 좋아할지도 몰라. 수사가 압축되니까 말이야."

"그래도…."

말을 맺지는 못했지만 내키지 않는 표정이었네.

"미란 씨? 이 사건이 골치 아프게 되면 미란 씨도 끝장이야. 그걸 알아야지."

나는 좀 더 강경하게 말했네.

"제가 왜요?"

"어떻게 알았는지 몰라도 우리가 약수터에 갔었던 그때 내 차에 미란 씨도 타고 있었던 사실을 경찰은 아는 눈치야. 그러기 때문에 사건이 풀리지 않고 답보 상태에 있으면 경찰은 미란 씨도 찾을 거야. 그러면 어떡해? 미란 씨까지 난처해지잖아."

내 말에 미란이는 생각에 잠기듯 했네.

"일단 약수터로 가 보자. 그곳에 가서 사고 지점하고 아파트에서 올라오는 산책로의 거리를 보면서 설명해 줄게."

나는 약수터로 승용차를 몰았네. 약수터 진입로 입구의 가로수에는 내가 부탁해서 달아놓은 현수막이 바람에 펄럭이고 있었네.

"얼마나 애가 탔으면 내가 저런 거까지 달겠어. 창피한 일이야."

나는 서서히 약수터 안으로 들어갔네.

"저기 도로에 흰색 스프레이로 표시된 곳이 그날 밤 여자가 쓰러져 있던 곳이야. 기억나지?"

"네, 알아요."

나는 흰색 스프레이로 동그랗게 표시가 되어 있는 곳으로 가서 차를 세웠네.

"저기에 현수막이 있잖아. 미란 씨가 저 현수막을 보고 목격자로 나서게 된 거야."

"그런데 사고를 목격했으면 그때 신고했어야 하잖아요."

미란이도 마음을 굳혔는지 적극적으로 대처하려는 것 같았네.

"사고 지점에 어떤 등산객이 있었다고 말해, 그래서 그 사람이 신고하려니 하고 신경 쓰지 않았었다고 말이야."

"…."

"그리고 미란 씨가 한 가지 신경 쓸 것은 흰색 승용차라고 말하는 거야. 경찰은 차의 번호를 봤느냐고 물을지도 몰라. 하지만 어두워서 번호는 보지 못했고 흰색인 거 같았다. 그렇게는 말해 줘. 차의 색상은 당연히 봤어야 하잖아."

"…알았어요."

미란이의 대답을 듣고 나는 차를 출발시켜서 회차 지점으로 들어갔네. 그러던 나는 회차 지점에 경찰차 한 대가 서 있는 것을 발견했네. 무슨 일일까 하고 경찰차 주위를 살펴보니 그 주위에는 아무도 없었네. 그런데 산속, 숲이 우거져서 잘 보이지 않는 그곳에서 경찰 두 명이 무엇을 찾는 듯 잡초들을 헤치고 있었네. 무슨 사건이 있는 것일까? 하지만 관심 없이 나는 약수터를 빠져나왔네.

신림사거리로 오다가 나는 조금 한적한 곳에 차를 멈추고 김 경장의 전화번호를 미란이에게 알려주면서 바로 전화하라고 말했네.

"뭐라고 전화하지요?"

"약수터 가로수에 목격자를 찾는다는 현수막이 걸려 있어서 그걸 보고 전화한다고 말해."

내 말을 듣고도 미란이는 한동안 말없이 있었네. 그렇게 얼마간 있더니 각오한 듯 고개를 끄덕이고는 김 경장에게 전화를 걸었네. 미란이의 핸드폰에서 흘러나오는 김 경장의 목소리를 나도 들을 수 있었는데 목격자라는 미란이의 말에 무척 놀라는 목소리였네. '정말이에요? 목격했다는 말이에요?' 마치 목격한 것이 이상하다는 듯 꼬치꼬치 캐물었네. 그러더니 K 경찰서로 오라고 하는 것이었네. 나는 K 경찰서로 승용차를 몰았네.

"일이 다 끝나면 핸드폰으로 전화해. 내가 기다리고 있을게."

"알았어요."

K 경찰서 근처에서 미란이를 내려주자 그녀는 핸드백 줄을 어깨에 걸치더니 때각 때각 소리를 내며 K 경찰서 안으로 들어갔네. 그녀의 그런 당당한 모습이 생각보다 자신감이 있어 보여서 나는 어느 정도 마음이 놓였네.

나는 승용차 안에 잠시 있다가 차를 몰고 근처를 돌아다녔네. 그런데 경찰서에 간 미란이는 생각보다 오랜 시간 나오지 않고 있었네. 그녀가 경찰서에서 나온 것은 두 시간이 되어서였네.

"어떻게 됐어?"

미란이를 승용차에 태우고 나는 K 경찰서를 벗어났네.

"그냥, 목격자 진술서 쓰라고 해서 썼어요."

"무슨, 다른 눈치는 없어?"

"몹시 날을 세우더라고요. 눈을 세모지게 뜨고 저를 빤히 보면서 정말 목격했느냐고, 그래서 목격했다고 그랬죠, 뭐."

"그랬더니?"

"뭔가를 가만히 생각하더니 진술서 용지를 주더라고요. 그래서 부장님이 말씀하신 대로 진술서를 썼어요."

"잘했어. 그리고 또 무슨 말은 없었어?"

"거짓으로 증언하면 어떻게 되는지 아느냐고, 그래서 안다고 그랬어요. 그뿐이에요."

"잘했어. 정말 고마워."

나는 미란이의 손을 잡아 손등에다 입을 맞추어주었네. 그녀가 새삼 고맙고 사랑스러웠네. 이번 사건이 마무리되면 그녀에게 충분히 보답해주리라 각오도 했네.

*

기온이 하루가 다르게 쌀쌀해져서 올해도 이제 저물어가고 있다는 것을 실감할 수가 있었네. 가을만 되면 나는 남다르게 우울하고 쓸쓸해지는 경향이 있는데 요즈음은 생각지도 못한 어이없는 사건에 휘말려 있어서 더욱 초라하고 퇴색한 가을이 되어버렸네.

김 경장이 나에게 K 경찰서로 오라고 했던 날이 되었네. 경찰서에 가려니까 내키지 않았네. 이제 더 이상 그 사건에는 관여하고 싶지 않아서였네. 어떻게 할까 망설이던 나는 우선 기다려 보기로 하고 경찰서에 가지 않았네. 김 경장에게서 문자 등의 연락이 오면 그때 갈 생각이었네.

그런데 김 경장과 약속했던 오전 10시가 지나가도 그에게서는 아무런 연락이 오지 않는 것이었네. 미란이의 증언으로 나는 용의자 명단에서 제외된 것일까? 좋은 징조인 것 같아서 반가우면서도 왜 그러는지, 김 경장에게 무슨 꿍꿍이가 있는 것은 아닌지 무척 궁금했네. 그날 저녁때까지도 김 경장에게서는 전화가 오지 않았네. 다음 날 아침, 나는 김 경장에게 전화를 걸었네.

"김 경장님이시죠? 저 오준홉니다!"

"아, 오 선생님!"

몹시 반가워하는 김 경장의 목소리였네.

"이제 생각해 보니 어제 제가 경찰서에 가는 날인 거 같은데 깜박 잊었습니다. 어떻게 하지요? 지금이라도 갈까요?"

"아! 그러실 필요 없습니다. 며칠 있다가 제가 연락을 드리겠습니다."

김 경장의 말은 무척 친절했고 호의적이었네.

"네, 알았습니다. 그런데 얼마 전 약수터에서 일어난 사건은 어떻게 됐습니까? 해결되었습니까?"

"해결된 것은 아니고요! 지금 다른 각도로 수사하고 있습니다! 연락드리겠으니 걱정하지 말고 계시기 바랍니다!"

김 경장은 전화를 끊었네. 미란이가 목격자 증인으로 나선 일에 대해서 무슨 말이 있을 줄 알았는데 그 부분에 대해서는 아무런 말이 없었네. 어쨌건 이제 나하고의 일은 다 끝났다는 생각이 들었네. 그런 느낌은 김 경장의 친절하고 편안한 말투와 나의 경찰서 출두를 필요로 하지 않는 것으로 보아서 알 수 있었네.

다시 며칠이 흘러갔네. 나에게는 언제 무슨 일이 있었느냐고 하듯 조용하고 평화로운 날이 계속되었네. 사건이 어떻게 되었는지는 모르지만 내가 바라던 대로 그 사건에서 나는 감쪽같이 빠져나오게 된 것 같아서 환호성을 지르고 싶었네.

그런데 다음날이네. 외근 나가 있던 미란이에게서 전화가 왔네. 김 경장이 자신을 지금 즉시 K 경찰서로 나와 달라고 한다는 전화였네. '경찰이 미란이를 왜 오라고 하는 걸까?' 나는 미란이에게 경찰서에 가지 말고 기다리라고 하고 내가 먼저 김 경장에게 전화 걸었네. 김 경장의 뜻하지 않은 질문에 미란이가 당황해서 불리하게 말할 수도 있으니까 무슨 일로 미란이를 오라고 하는지 그 이유를 내가 슬며시 알아본 다음 미란이에게 귀띔해 줄 생각에서였네. 미란이가 답변을 준비하도록 말일세.

내가 전화를 하자 김 경장은 마침 쉬는 중이었는지 신호가 가자마자 얼른 받았네.

"수고하십니다. 저 오준흡니다."

"아, 오 선생님! 그러잖아도 제가 전화를 드리려고 했었는데."

무슨 좋은 일이 있는지 김 경장은 친절한 반응에 웃음 띤 목소리였네. 일이 잘 풀렸구나, 하는 직감으로 마음은 편안해졌네.

"사건이 어떻게 되어 가는지 궁금하고 걱정도 되고, 그래서 전화를 드렸습니다."

김 경장이 미란이를 오라고 한 그 문제를 나는 모르는 척하고 느긋하게 말했네.

"그 사건에 대해서는 이제 걱정하지 마십시오. 오 선생님의 혐의는 풀렸습니다. 조사해 보니까 교통사고가 아니었습니다."

"교통사고가 아니라고요? 그것 보세요. 저는 그런 사람 아니라고요."

나는 웃는 소리로 김 경장을 원망하듯 말했네. 하지만 아차! 하면서 가슴이 철렁하고 내려앉았네. 교통사고 나는 것을 보았다고 진술했는데 교통사고가 아니라고 하니 말일세.

"네, 그동안 폐를 끼쳐서 죄송합니다."

"그런데 교통사고가 아니면 무슨 사고지요?"

"산속에서 일어난 사고였습니다. 아직 조사 중이기는 하지만 아가씨가 산에서 여러 명에게 성폭행당한 걸로 거의 확실시되고 있습니다."

"아, 네."

태연하게 대답했으나 정신이 번쩍 들면서 눈이 부릅떠졌네. 일이 잘못되어가고 있다는 것을 짐작할 수 있어서였네. 김 경장의 목소리가 다시 들려왔네.

"그런데 말입니다. '나미란'이라는 여자 아시죠?"

김 경장 특유의 친밀감 넘치는 목소리였네.

"나미란? 글쎄… 얼른 기억이 나지 않는군요. 그런데 왜 그러시죠?"

나중에야 어떻게 되건 우선은 그녀를 모르는 것처럼 얼렁뚱땅 대답했네. 같은 회사 사람이라도 이름을 모르는 사원이 있을 수 있기 때문에 문제 될 것은 없을 것이었네.

"이번 사건의 목격자라고 증인을 섰었는데 모르신다고요?"

"증인을 섰어요? 저한테는 아무 연락이 없었는데요."

나는 시치미 뗐네. 김 경장은 무슨 생각을 하는지 잠시 말없이

있더니,

"교통사고 나는 걸 보았다고 증언했었습니다. 이상하다고 생각했었는데 거짓 증언이었습니다."

"거짓 증언요?"

입술이 얼어붙었네. 입술뿐만이 아니고 온몸이 급격하게 얼어붙었네. 김 경장의 목소리가 다시 들려왔네.

"사건은 다 마무리가 돼 가는데, 문제는 교통사고가 아닌데 교통사고 나는 것을 목격했다는 그 여자의 증언입니다. 왜 그런 거짓 증언을 했을까요? 잡아 족치면 곧 드러나겠지만 말이에요."

"아, 네… 하여간 수고하셨습니다."

관심 없다는 투로 말하고 나는 전화를 끊었네. 그리고 서둘러서 미란이의 전화번호를 눌렀네. 미란이가 경찰서로 가기 전에 내가 먼저 그녀를 만나서 그녀가 왜 거짓 증언을 하게 되었는지 그 이유를 만들어 놓아야 했기 때문이네. 거짓 증언하라고 내가 시켰다는 그 말만은 하지 못하게 막아야 한다는 말일세.

미란이는 마침 안양에 있었네. 나는 미란이에게 안양역 광장에서 만나자고 한 다음 서둘러서 차를 몰고 안양역으로 향했네. '미란이가 거짓으로 증언한 이유를 뭐라고 둘러대도록 할까?'내 머릿속은 그 궁리뿐이었네. 하지만 아무리 생각해도 마땅한 핑곗거리가 떠오르지 않았네.

날씨가 쌀쌀해선지 안양역 광장에는 사람들이 별로 없고 카키색 바바리를 입은 미란이 혼자 벤치에 앉아 있다가 내 차를 보더니 얼른 일어나서 차도 쪽으로 걸어 나왔네.

"미란 씨는 언제 보아도 패션모델 같아."

승용차에 들어온 미란이를 보며 내가 아무렇지도 않게 미소를 지었네.

"그렇게 보아주시니까 고마워요."

기분이 좋은지 그녀의 얼굴에는 미소가 가득했네. 미란이를 승용차에 태운 나는 어디로 갈까 하다가 우선은 이야기를 나누어야 하겠기에 안양천 쪽으로 차를 몰았네.

"미란 씨? 김 경장이 미란 씨를 왜 오라고 하는지 알아?"

나는 가만히 미란이의 표정을 살폈네.

"글쎄요?"

"경찰 눈치를 보니까 사건은 일단 마무리가 된 거 같아."

"어떻게 마무리가 됐지요? 범인이 잡혔나요?"

"그게 아니고… 이제 와서 하는 말이 교통사고가 아니었다는 거야! 한심한 작자들."

나는 안양천 가의 한적한 공터에 차를 세웠네.

"교통사고가 아니면 무슨 사고래요?"

"산속에서 집단 성폭행을 당한 사건이라나 뭐라나."

"그 여자는 도로에 쓰러져 있었는데요."

"산속에서 폭행당한 후 누군가에게 구원을 청하려고 도로까지 기어 내려와 있었다는 거지."

"아, 먼저 경찰들이 산에 있었는데 그 때문이었나 보죠?"

"맞아. 일이 완전히 꼬였어."

"그것 보세요. 괜히 증인으로 나서라고 하셔서."

미란이가 나를 원망하듯이 말했네.

"지금 누구의 잘잘못을 따질 때가 아니야. 이 문제를 어떻게 풀어야 할지 그 연구를 해야지."

"목격자 진술서까지 써서 경찰서에 제출해놨는데 어떤 연구를 해요!"

나를 보는 미란이는 표정이 또 왜 그러나 하듯 굳어져 갔네.

"우리가 이 지경까지 오게 된 거는 미란 씨와 나의 관계를 숨기려다가 그런 거잖아. 우리의 관계가 회사에 소문나면 안 되니까 말이야."

"그래서요?"

"우리의 관계는 끝까지 숨겨야 해. 그러기 위해서 거짓증언 하라고 내가 시켰다는 말은 절대로 하면 안 돼."

"그러면 뭐라고 말해요. 김 경장은 부장님이 시켜서 제가 거짓증언 한 걸 다 아는 눈치던데요."

"뭐라고? 김 경장이 그걸 어떻게 알아!"

참을성 없는 용수철처럼 내 목소리가 튀어나왔네.

"아침에 전화 왔을 때 김 경장이 대뜸 묻더라고요. 왜 거짓 증언을 했느냐고요."

"그래서?"

"아무 말 못 하고 있었어요. 거짓 증언 한 걸 인정해야 할지 부정해야 할지 얼른 판단이 안 서서요."

"그랬더니?"

"오준호라는 사람이 거짓으로 증언하라고 시켰느냐고 다시 묻더라고요. 그래서 따졌죠. 부장님이 사고 낸 게 아닌데 부장님을 용의자 취급하는 경찰이 잘못된 거 아니냐고요."

잘 하지 않았냐는 듯이 미란이가 말했네. 나는 머리끝까지 화가 치밀었네.

"내가 시킨 게 아니라고 말해야지 나를 옹호하는 말을 하면 어떻게 하나!"

내가 소리를 질렀네. 다시 물었네.

"그렇게 말하니까 김 경장이 뭐라고 그래?"

"'오준호 그 사람 잡아 와야지 안 되겠구먼!' 그러더니 저를 경찰서로 오라고 하는 거예요."

"이런 젠장!"

내 머리를 쥐어뜯듯이 두 손으로 움켜쥐면서 나는 고개를 떨어뜨렸네. 일이 이렇게 엉뚱하게 빗나갈 수가 있다는 말인가? 내가 판 함정에 내가 빠진 꼴이 되었던 것이네.

"그러니까 처음부터 잘못한 거예요. 순리대로 떳떳하게 행동했어야지요."

그녀가 나를 원망하듯이 말했네. 거짓 증언으로 난처하게 됐으니 그녀도 속이 상할 것이었네. 하지만 그녀의 철없는 말에 나는 더욱 화가 났네. 떳떳하게 라니? 내가 떳떳하지 않게 행동한 것이 무엇이라는 말인가. 사건이 있었던 그때, 그녀도 도망가자고 말하지 않았던가 말일세. 그녀의 입을 쥐어박고 싶을 정도로 화가 났네. 그런데 그녀는 한마디를 더 하는 것이었네.

"그냥 진실을 말해요! 사실대로 말하자고요!"

냉정하고도 단호하게 들리는 그녀의 말에 나는 눈물이 핑 돌았네. 사실대로 진실을 말하라니, 어떤 진실을 말하라는 것인가? 그녀와 나의 부정 관계를? 아니면 사고자를 발견하고도 귀찮은 일이 생길까 봐 못 본 체하고 도망갔던 일? 너무 화가 나서 어금니가 앙다물어지며 그녀를 죽여서 일을 덮어버리고도 싶었네.

그런데 그때, 그녀의 핸드백에서 들려오는 벨 소리가 승용차 안의 무거운 분위기를 가르며 나를 긴장시켰네. 미란이도 경직된 표정으로 핸드폰을 꺼내더니 발신인을 보았네.

"김 경장이에요."

핸드폰을 손에 든 채 그녀가 난처한 듯이 나를 바라보았네. 나는 차창 밖으로 고개를 돌렸네. 안양천 가의 키 크고 누렇게 마른 갈대들이 바람에 흔들렸고 얕은 냇물에서는 오리들이 줄을 지어서 상류 쪽으로 이동하고 있었네.

미란이가 전화를 받았네. 왜 아직 오지 않느냐고 하는 김 경장의 목소리가 들려왔고, 미란이는 가는 중이라고 말하고 전화를 끊었네. 그리고는 어떻게 하느냐고 묻듯 나를 다시 바라보았네.

"김 경장한테로 가요. 간다고 말했는데 가야지. 가서 진실을 말해요."

차창 밖에서 눈을 떼지 않고 내가 혼잣말로 말했네. 모든 것이 다 끝났다는 생각이 들었네. 그동안 가슴 졸이며 애간장을 태워왔던 모든 일들이 이제 끝이었던 것이네. 미란이는 가겠다는 것을 예고하듯 바바리 깃을 세우고 핸드백 끈을 만지작거리더니 문을 열고 나간 다음 '쾅!' 하고 문을 닫았네. 쾅! 하는 소리, 그 소리는 나를 꽁꽁 묶어서 작은 관속에 구겨 넣고 뚜껑에다 못질하는 소리처럼 온몸에 소름을 돋게 했네.

여보게, 친구여!

이제 내가 하고 싶은 말은 다 한 것 같네. 내가 자네를 찾아가서, 회사에 사표를 내고 아내에게 편지를 써놓고 집을 나왔다고 말했더니 자네는 나더러 잘했다고도 하고 바보라고도 말했었네. 친구여, 다시 묻고 싶네. 나는 정말 바보인지. 그렇다면 자네 같으면 어떻게 대처했겠는지 그 대답을 좀 해 주기 바라네.

〈중장편〉

소설,
여성 심리학

졌던 꽃이 어떻게 다시 피느냐고
진 꽃은 땅에 떨어져서 거름이 될 뿐이고
새로 핀 꽃은 이 세상을 처음 구경하는
새로운 꽃이라고

1. 사랑스러운 여인

창문 밖에서 청각을 간지럽히며 들려오는 재잘거리는 새소리에 부스스 눈을 떴다. 베이지색의 커튼을 뚫고 들어온 환한 햇살이 엉덩이를 치민다. 시계를 보니 오전 9시가 넘었다. 일어나야겠다. 밤을 새워서 컴퓨터 글자판을 두드리다 밀려오는 졸음을 이기지 못해서 새벽에 잠깐 눈을 붙였지만 더는 잠이 올 것 같지 않다.

"찌르릑! 찌르릑!"

내가 눈 뜨기를 기다리고 있기라도 했었다는 듯 핸드폰 벨이 울린다. 아침부터 나에게 전화할 사람이 누구일까? 졸음이 덜 떨어진 눈으로 나는 핸드폰을 집어 든다. 뜻밖에도 지혜 씨다. 나는 벌떡 일어나 앉았다. '오늘 일요일이어서 신랑이 집에 있을 텐데 어쩐 일이지?'

"여보세요?"

오랜만에 온 전화여서 반갑기는 하지만, 도둑이 제 발 저리다고 하듯 나하고 만났던 일 때문에 무슨 문제가 생긴 건 아닐까 걱정된다.

"서준 씨, 잠잤어?"

그녀의 목소리는 언제나 편경 소리처럼 맑고 톤이 높다. 말끝에는 호소하듯 들리는 은근한 애절함도 있다.

"아니, 일어났지."

"그런데 왜 이렇게 전화를 늦게 받아. 화장실에 갔었어?"

걱정을 떨치지 못하면서도 내 입은 미소로 벌어진다. 전화할 때마다 그녀가 하는 소리여서다. 전화벨이 한두 번 울리고 받았는데도 발신음이 열 번이나 울렸다며 '잠잤어? 화장실에 갔었어?' 하며 투정인지 장난인지 한다.

"지혜 씨 생각하고 있었지."

그녀를 사귀면서 나도 조금은 유머도 늘고 장난도 늘었다.

"나, 지금 서준 씨 집에 가는 중이다~."

그녀는 말하는 습관도 남들과는 조금 다르다. 친구들하고 장난하거나 자랑할 때 하는 식으로 말끝에 '다'자를 붙이면서 길게 끌어올리는 것이다.

"지금 우리 집에 오는 중이라고? 신랑이 있을 텐데 어떻게?"

"가서 얘기할게."

신랑하고 또 무슨 일이 있었구나, 하는 생각이 든다. 그녀는 신랑 때문에 속상해할 때가 많았는데 그럴 때마다 나에게로 쪼르르 달려와서 하소연하고 화풀이하고 때로는 울기도 하면서 스트레스를 푼다.

"올 테면 와."

신랑이 집에 있는 시간에 그의 아내를 만나는 일은 미안하고 신경도 쓰이지만 할 말이 있어서 오겠다고 하는데 오지 말라고 할 수도 없다.

"마중 나올 거지? 지금 거의 다 왔어."

내 입이 다시 미소로 벌어진다. 마중 나오라고 할 줄 알았기 때문이다. 그녀는 자기가 우리 집에 올 때면 항상 마중 나오라고 하고 돌아갈 때는 배웅해 달라고 한다. 극성이라고 할 정도다. 그런데 그녀가 그런 요구를 하는 데는 그럴 만한 이유가 있어 보인다. 그녀 자신이 그렇게 하기 때문이다. 내가 술이나 음료수를 사러 슈퍼마켓이나 구멍가게에 갈 때, 심지어는 바람을 쐬러 잠깐 문밖에 갈 때도 그녀는 같이 가자며 따라 나온다. 혼자 오도카니 있으면 뭐 하느냐고 하면서다.

"마중? 글쎄."

마중 나갈 준비를 하면서도 장난하고 싶은 나는 일부러 귀찮은 척 뜸을 들였다.

"글쎄라니! 사랑하는 사람이 간다고 하면 쌩- 하고 마중 나와야 하는 거 아닌가~요?"

섹시스타 메릴린 먼로를 닮았다고 할 만큼 그녀는 아담한 얼굴에 관능미도 몸 전체에서 뚝뚝 떨어진다. 그런 자신감 있는 외모 때문인지 성격도 낙천적이고 유머도 풍부하다. 섹스도 좋아한다. '난 섹스를 오랫동안 하지 않으면 은근히 아랫배가 아프다.' '섹스가 동반되지 않은 사랑은 미완의 사랑이다.' 모두 그녀가 했던 말이다.

전화를 끊은 나는 후닥닥거리며 방을 치우고 밤새 윙윙거리며 뽑아놓은 출력물들도 한쪽으로 밀어놓고 오피스텔을 나갔다.

*

텃밭에서 자라고 있는 파란 부추가 눈을 부시게 하는 햇살을 받아서 반짝인다. 빠른 걸음으로 주택가 골목을 빠져나가며 버스정류장을 보자 분홍색 핸드백을 든 그녀가 키 작은 덩굴장미가 줄지어 있는 긴 화단 앞에 그림처럼 서 있다.

그녀는 분홍색도 좋아했다. 그래선지 추상적인 무늬의 플레어치마, 반듯하게 자른 손톱과 발톱에 칠한 매니큐어, 귀고리에 매달려있는 버찌처럼 생긴 방울, 시계 줄 모두가 봉선화 색인 연분홍이다.

"오래 기다렸어?"

그녀 가까이 가며 내가 미소를 지었다.

"기다리다가 해 넘어가는 줄 알았어."

말은 불만스럽게 했지만 젖어 있는 그녀의 입술은 미소로 벌어진다. 해 넘어간다는 말이 무슨 뜻인가 해독하려고 생각해 보던 나는 폭소를 터뜨렸다.

"전화 받고 바로 나온 겁니다~. 십 분이나 됐을까?"

"보고 싶을 때 십 분은 백 분인 거 몰라?"

말로는 그녀를 당할 수가 없다. 더구나 한마디 한마디 사랑스럽게 하니 굳이 말대꾸할 필요가 없다.

"신랑이 집에 있을 텐데 어떻게 나왔어?"

오피스텔을 향해 걸음을 옮기며 내가 물었다.

"집에 가서 얘기할게."

무엇인가 벼르고 있기라도 하듯 한마디하고 그녀는 비수를 문 것처럼 입술을 힘주어 다문다.

골목을 벗어나자 앞이 탁 트이는 부추밭 옆으로 내가 사는 오피스텔이 보인다. 오피스텔 뒤로는 산인데 그곳에서 나무 냄새를 싣고 불어오는 봄바람이 가슴을 서늘하게 꿰뚫고 머리까지 맑게 한다.

“음~ 어디서 밤나무꽃 향기가 난다.”

그녀가 오피스텔 뒷산을 올려다본다. 그녀는 향기도 잘 맡았다. 오래전, 경기도 군포시에 있는 철쭉공원에 갔을 때다. 나는 아무런 향기를 맡을 수가 없는데 그녀는,

‘음- 라일락 향이야. 어디 라일락꽃 나무가 있나 봐.’ 하며 주위를 두리번거렸다. 아니나 다를까. 공원 저만치 아래의 고랑에 정말 커다란 라일락꽃 나무 한 그루가 서 있었다. 나는 지금도 밤나무꽃 향기를 맡을 수가 없는데 그녀는 밤나무꽃 향기가 난다고 한다.

“저기 밤나무는 많아.”

나는 나무들이 빼곡히 우거진 뒷산 골짜기로 시선을 돌렸다.

“어머! 골짜기에 가득 찼네.”

눈이 온 듯 골짜기를 하얗게 덮고 있는 기다란 밤나무꽃들은 금방이라도 꽃가루를 뿌릴 듯 하늘거리고 있었다.

“밤나무꽃도 향기가 있나?”

나는 향기를 맡아보려고 콧숨을 길게 들이쉬어 보았다. 약간 노린내 같은 향기가 무겁고 두툼하게 맡아지기는 했다.

“그럼, 향기 있지. 그 냄새 몰라?”

“난 모르는데?”

나는 사실은, 밤나무꽃이라는 그 말 자체도 지금 그녀에게서 처음 듣는다.

"그 냄새 때문에 과부가 바람난다잖아."

"과부가 왜?"

또 무슨 우스운 말을 하려고 그러나 해서 내 입은 미소부터 벌어진다.

"비리비리한 게 그거 냄새잖아. 남자 거 정액."

내 눈치를 보려는 듯 그녀는 미소를 지으며 가만히 본다.

"여자가 못 하는 말이 없네."

그녀의 말이 맞기는 했다. 언젠가 나는 내 손에 묻은 투명하고 미끄러운 정액의 냄새를 맡아본 적이 있었다. 그런데 약간씩 비린내가 풍기기에 내 몸이 어떤 세균에 감염되었을까? 하고 걱정도 했었다.

"가을에 밤나무 밑에 서서 노래를 부르면 알밤이 툭툭 떨어진다."

"알밤도 그래? 나는 도토리는 그러는 거 봤어."

노래를 흥얼거리며 도토리나무 밑을 지나가는데 도토리 세 개가 나무로 만든 계단에 떨어져서 툭툭 튀었었다.

"나무만 반응하는 게 아니야. 노래를 부르면 조용하던 새들도 갑자기 여기저기서 막 지저귄다."

오수에 방해되니까 조용히 하라는 건지 아니면 반겨주는 건지 모르지만 나로서는 자연과 나누는 재미있는 교감으로 기억에 남는다.

"서준 씨? 우리 산에 가서 바람 쐬다가 갈래?"

그녀가 걸음을 멈추고 나를 본다.

"지혜 씨는 조금 있다가 집에 들어가야 하잖아."

그녀하고 둘이라면 산 너머 멀리까지도 가고 싶지만, 신랑이 집에 있는 시간에 그녀를 내가 꿰차고 있을 수는 없다.

"그놈은 벌써 방망이 휘두르고 있을 거야."

'그놈'이라는 말이 우습다.

"방망이 휘두르다니?"

"골프연습장에 갔다는 말이지! 그놈은 틈만 있으면 골프 치러 룰루랄라야!"

"아하~."

나는 고개를 끄덕였다.

"그리고 약이 올라서 오늘은 서준 씨하고 섹스도 실컷 하고 갈 거야."

내 눈치를 슬쩍 보면서 말한 그녀는 허리를 구푸려서 샌들에 있는 장식을 조인 후 산으로 향하는 밭둑길로 들어섰다. 이 산은 그리 높지는 않으나 관목이 우거져서 공원 같았고 골짜기는 깊어서 수목원처럼 나무 향도 짙고 그윽했다.

"집에서 무슨 일 있었어?"

그녀의 뒤를 따라서 나도 물렁물렁한 밭둑길로 들어섰다.

"그놈 때문에 나 어제 속상해서 죽는 줄 알았어."

아이가 엄마에게 일러바칠 때 하는 것처럼 분개한 말투와 울상인 표정이 나를 다시 미소 짓게 했다.

"왜?"

"어제 저녁때였어! 친구가 노래방에서 오라고 한다며 갔다 온다고 그러더라고!"

"그래서?"

"나도 가야지! 하며 따라나섰다! 달가운 눈치는 아니더라고! 그러거나 말거나 나도 오랜만에 한 곡조 뽑아보려고 따라갔지! 가서 보니까 남자 한 명에 여자 두 명이 있는 거야! 그제야 괜히 왔나 싶더라고."

그녀가 나를 돌아보고는 다시 말을 이었다.

"그렇다고 집으로 다시 올 수도 없잖아! 노래방인데 어쩌랴 싶기도 하고, 그래서 그냥 놀았다! 한참 신나게 잘 놀았어! 돌아가면서 노래 부르고 맥주도 시켜서 먹고! 그런데 그놈 술이 얼큰해지니까 자세가 흐트러지기 시작하는 거야! 여자를 끌어안고 블루스 추고 마이크 하나로 같이 합창하기도 하고! 보통 난리 아니야! 차

마 눈 뜨고 볼 수 없을 정도라니까!"

새삼 화가 나는지 그녀의 목소리가 카랑카랑하게 커졌다.

"아내가 있는 자리에서 그러면 되나."

"그러니까 하는 말이야! 그리고 나는 뭐야! 은근히 화가 나더라고! 친목계에서 울릉도에 놀러 갔을 때 그놈이 싫어할까 봐 나는 남자 계원하고는 사진도 안 찍었는데 그놈은 그런 조심성이 없는 거야!"

우리는 밭둑길을 나가서 산으로 향하는 등산로로 들어섰다.

"내가 있는 자리에서도 그러니 내가 없는 자리에서는 어떻겠느냐고! 속에서 불이 나는 거야! 그렇지만 신랑 체면도 있고 내가 속 좁은 년으로 보일까 봐 꾹꾹 눌러 참았다! 잘 놀고 집에 왔어! 집에 와서는 한마디 했지! 부부간에도 예의가 있는데 그게 뭐냐고! 그랬더니 나더러 강짜 한다고 소리를 지르잖아! 지가 머 대단한 놈이라고 이 몸이 강짜를 해! 등신 새끼!"

그녀가 분풀이하듯 내 쏘고는 다시 말한다.

"내가 따졌지! 당신이 잘못 한 게 아니냐고! 미안하다는 말은 못하고 무슨 강짜 트집이냐고! 그랬더니 시퍼렇게 날이 서 가지고 '그게 강짜가 아니면 뭐야!' 침까지 튀기며 소리를 지르고는 베개를 옆에다 끼고 쌩! 하니 저쪽 방으로 가는 거야!"

그녀는 어이없지 않으냐고 묻듯이 나를 돌아보며 서 있다가 다시 걸음을 옮긴다.

"에이- 저런 놈한테 따져서 뭐 하나. 자괴감이 들더라고! 그래서, '응, 알았어! 나도 당신하고는 말하고 싶지 않아!' 소리 지르고 그냥 누웠는데 약이 올라서 잠이 와야지! 뜬눈으로 밤을 새우다시피 하고 아침이 돼서 얼른 나온 거야. 사실은 어젯밤에 오고 싶었어. 그런데 서준 씨가 욕할지도 모르고, 그래서 겨우 밤을 보내고 지금 온 거야."

그녀는 나를 찾아온 게 미안한 듯 말했다.

"그 사람이 좀 지나치기는 했다."

그녀가 신랑 때문에 속상해서 올 때마다 나는 신랑의 입장을 설명하고 이해시켜서 그녀를 돌려보내고는 했었는데 지금의 경우는 마땅히 해 줄 말이 없었다.

"그래, 오죽하면 내가 아침부터 집을 나오겠어!"

"애숙 씨 마음은 내가 잘 알아."

"미안하다는 말 한마디면 되잖아! 그러면 난 얼마든지 이해해 줄 수 있어! 그런데 그놈은 죽어도 미안하다는 말을 안 하는 거야! 그 말 하기가 뭐가 그렇게 힘들어!"

"자존심 때문이지. 나도 그런데 머."

"자존심에 손해를 좀 보면 어때? 사랑하는 부인인데!"

"아하! 맞아, 정말 좋은 말이다."

나는 고개를 끄덕였다.

"그리고 한 이불속에서 살을 맞대고 자다 보면 화났던 게 풀어질 일이 생기잖아! 그런데 그놈은 그런 생각을 못 해. 뭐라고 한마디만 하면 쌩하고 저쪽 방으로 가서 혼자 자는 거야! 그러니 화가 풀리겠어?"

멀리 보이는 등산로에서는 입에 여우 마스크를 쓴 여자가 '퍼그'로 보이는 애완견을 앞세우고 통나무 계단을 내려오고 있었다. 우리는 작은 오솔길을 따라서 계속 올라갔다.

*

"내가 서준 씨한테 너무 떠들었나 봐. 미안해."

그녀가 나를 돌아보며 씁쓰름하게 미소를 지었다.

"괜찮아. 이제 화는 좀 풀렸어?"

나도 웃으며 그녀의 등을 도닥였다.

"응, 괜찮아졌어. 어제는 얼마나 분통이 터졌는지 몰라."

"어제 있었던 일은 이제 다 잊어. 알았지?"

"그래야지. 머!"

속상한 것을 떨쳐버리려는 듯이 그녀가 큰 소리로 말했다. 그녀는 그런 긍정적인 성격이기도 했다. 지나간 일이나 이미 엎질러진

물을 가지고 길게 고민하고 한숨짓고 하지 않는다. 아무리 손해를 본 일이 있다고 하더라도 돌이킬 수 없는 상황이라고 판단되면 얼른 삼켜버리고 화제를 다른 주제로 돌려서 웃고 수다 떨고 한다. 그녀에게 그런 강한 정신력이 있다는 것을 알고 나는 그 점도 무척 부러워했었다.

"나도 아침부터 집 나와서 신랑 욕하기는 싫어. 그렇다고 꾹꾹 눌러 참고만 있어 봐. 우울증 생기지."

"그래, 맞는 말이야."

"서준 씨만 아니었으면 난 진작 우울증에 걸렸을 거야. 아줌마들이 애인을 왜 키우는지 이제야 알겠어."

애인을 키운다는 그녀의 말이 나를 다시 미소 짓게 했다.

"분위기 있게 자리를 만들어서 신랑하고 술도 한 잔씩 하고 그래. 신랑이 무심한 성격인 거 같기는 하지만 그렇다고 낯가리고 살 수는 없잖아."

"그놈하고는 글렀어. 아기자기한 맛이 없는데 술상 놓고 마주 앉으면 무슨 재미야. 술 한 잔 먹고 싶다고 하면 꼴값한다는 눈친데 머."

울퉁불퉁하고 수북이 쌓인 낙엽으로 오솔길은 미끄러웠다. 잡초가 발등에 차일 때마다 아직 마르지 않은 이슬이 다리에 묻어나서 치마를 입고 샌들을 신은 그녀가 걱정되었다.

"그놈은 집에 있을 때는 혼자 TV만 보는 거야. TV밖에 몰라."

앞에서 말없이 걷던 그녀가 생각났다는 듯이 말했다.

"나는 TV는 별로 안 보는데 그 사람은 TV 시청을 즐기나 보지?"

"얼마나 좋아하는지 몰라. 먼저는 미스트롯 결승전을 재방 하는데 저녁 먹으면서 이러더라니까. 나 좀 봐봐."

그녀는 입을 아- 벌린 후 숟가락을 넣다 말고 정지한 채 TV 바라보는 흉내를 냈다. 수직으로 입을 벌려서 흉내 내는 그녀의 과장된 입 모양이 더 우스웠다.

"티브이하고 결혼하지 왜 나하고 결혼했는지 몰라."

그녀가 혼잣말로 종알거렸다. 나는 그녀를 따라서 비탈진 오솔길을 계속 올라갔다.

"이렇게 예쁜 부인을 그 사람은 왜 그렇게 속상하게 할까. 나 같으면 매일 안아주고 뽀뽀해주고 그럴 텐데."

그녀의 기분이 어느 정도는 풀어진 것 같아서 내가 농담했다.

"그렇게 살아야 후회 없고 정이 깊어지잖아. 그런데 그놈은 몸이 닿는 것도 싫은가 봐."

"부인한테 왜 그래. 그 사람은 사랑하고 싶은 생각도 없나?"

그녀는 섹스하는 것을 좋아한다고 말했었다. 그래선지 섹스하고 싶어질 때면 '서준 씨 아랫배 안 아파?'하며 팔에 매달린다.

그렇게 말하지 않더라도 그녀는 지금 섹스하고 싶구나 하는 것을 느끼게 해주는 것이 있다. 그녀의 입술이다. 야한 이야기를 해주거나 에로틱한 영화를 볼 때, 그녀는 입술이 잘 익은 체리 색으로 변하면서 발기하듯 탱탱해진다. 웬만한 여자에게서는 볼 수 없는 입술의 그런 농염함이 그녀에게서는 나타나는 것이다.

"그놈하고 섹스한 지는 한 달은 됐을 거야. 생전 섹스하자는 말도 안 해."

나는 입을 다물고 가만히 있었다. 그녀가 다시 말했다.

"여자도 하고 싶을 때가 있잖아. 그래서 한번은 잠자리에 들면서 '나 아랫배 아프다.'하고 말했어. 내 말을 들었을 텐데도 그놈은 못 들은 척 가만히 있는 거야. 당신 사정은 나는 모루올시다, 야."

'당신 사정은 모루올시다.'라는 그녀의 말에 나는 입술을 다시 힘주어 다물었다. 그녀가 다시 말했다.

"며칠 전에는 어땠었는지 알아?"

"어땠는데?"

"자려고 하는데 그날도 살그머니 아랫배가 아파져 오더라고. 그래서 '나 아랫배 아프다~.' 하면서 그놈 고추를 만지려고 했지. 그랬더니 피곤하다면서 돌아눕는 거야. 그날 밤에도 서운해서 한잠 못 잤어. 그런데 새벽이 되니까 고추를 이만큼(손바닥을 한 뼘 펴 보이며) 세워가지고 달려드는 거야. 그래서 손바닥을 이렇게 쫙 펴서 손날로 고추를 탁! 치고(툭! 자르듯이 절도있게) 돌아누웠다. 그랬더니 얼마나 지랄하는지!"

말을 해놓고 보니 그녀도 우스운지 깔깔깔 웃었다.

2. 사랑은 용기 있는 사람에게로 간다

내가 그녀를 처음 만난 것은 지난해, 동해에서 불어오는 계절풍으로 꽃샘추위가 한창이던 3월의 어느 날, 노량진역 앞의 버스정류장에서였다. 노량진 수산시장에는 생선 장사를 하는 형님이 계셨는데 그 가게에 다녀오는 길이었다. 내 손에는 커다란 검은 비닐봉지가 들려 있었다. 형수님이 챙겨주신 고등어자반과 떡이 들어있는 봉지였는데 무게가 있어서 손으로 잡은 부분이 끊어질 듯 늘어나서 손바닥이 아프기도 했다.

비닐봉지에 신경을 쓰면서 나는 버스정류장으로 갔다. 버스정류장의 벤치 한쪽에 한 여자가 앉아 있었다. 어깨 위에까지 걸쳐지는 약간 긴 생머리에 눈이 크고 속눈썹은 붙인 것처럼 긴 여자였다. 코는 오뚝했고 하얀 얼굴에다 촉촉하게 젖어 있는 입술은 정열적인 키스를 방금 끝낸 것처럼 싱싱했다.

나는 그녀에게서 시선을 뗄 수가 없었다. 첫눈에 반한다고 하는 것이 이런 것일까. 왠지 모를 이끌림에 나는 온몸의 움직임이 굳어진 채 가슴만이 두근거렸다. '저 여자가 내 애인이라면….' 그런 푸념과 함께 저렇게 예쁜 여자와 사랑을 한 번도 해보지 못하는 내 존재가 서글퍼지며 인생에 비애마저 느껴졌다.

버스가 오는 것에는 관심도 없이 나는 그녀에게만 정신이 쏠려 있었다. '누구를 기다리는 걸까. 혹시 애인? 그래, 저렇게 예쁜 미인이 애인이 없을 리가 없지. 그 남자는 어떤 남자일까? 그 남자가 부럽다.'

온갖 넋두리를 다 하며 나는 그녀를 흘깃거렸다. 그때까지도 그녀는 나를 한 번도 올려다보지 않았다. 인생까지 들먹이며 변태적인 염탐을 하는데도 그녀는 핸드폰을 들여다보며 빠른 손놀림으로 오락하는지 문자를 보내는지에만 골몰해 있었다.

나는 그녀에게 말을 붙여보아야겠다고 생각했다. 아무 말이라도 붙여서 그녀와 눈이라도 마주쳐보고 싶었고 한마디라도 목소리를 들어보고 싶었다. 그렇게라도 하지 않고 이 순간을 그냥 지나쳐버린다면 죽을 때까지 후회할 것만 같았다. 나는 용기를 내어서 그녀에게로 다가섰다.

"저- 서울대학교 쪽으로 가는 버스 여기에 있습니까?"

알면서도 모른체하고 나는 버스 편을 물어보았다. 그 무렵에 나는 서울대학교 근처의 오피스텔에서 혼자 밥을 지어 먹으며 생활하고 있었다.

"네, 있어요."

나의 가슴 졸이던 긴 시간에 비해서 그녀의 대답은 짤막하고 간단했다. 나를 자세히 올려다보지도 않았다. 스쳐보듯 잠깐 보고는 다시 자신의 핸드폰으로 시선을 내릴 뿐이었다.

'애인을 기다리는 게 분명하다. 포기하고 그냥 가자. 하지만 애인을 기다리는 게 아니고 외롭거나 심심해서 바람이라도 쐴 겸 나온 여자라면… 어쩌면 인간의 운명을 지배하는 조물주가 '버스 정류장에 가면 너의 짝을 만날 수 있을 것이다.' 하면서 나를 이 순간 이곳으로 오도록 이끌었는지도 모른다.'

그런 아전인수식 속 보이는 해석으로 구실을 만들면서 나는 그녀의 무관심을 무시하고 다시 말을 붙였다.

"어디 가세요?"

그 질문에 그녀는 그제야 나의 꿍꿍이를 알았다는 듯이 못 들은 척하고 무시했다. 싱거운 사람이 된 듯해서 나는 멋쩍기도 했고 잘못하다가는 정말 망신을 당할 것도 같았다. 하지만 나는 포기하지 않았다.

"누구 기다리세요?"

그녀는 '이 남자가!' 하는 표정으로 나를 올려다보았다. 그녀의 경계하는 시선과 갈망하는 나의 눈길이 마주쳤다. 그래도 내 인상이 그리 거슬리지는 않았던지 그녀는 마지못해서 하듯 '네.' 하고 짧게 대답해 주고는 다시 시선을 내렸다.

누구를 기다리고 있다는 대답은 그녀가 저만치 달아나는 것 같아서 실망스러웠다. 그래도 치근덕거리듯 했던 나의 질문에 대답해 주었다는 그 사실만으로도 고마웠고 용기도 생겼다. 이제는 누가 보더라도 아는 사이처럼 자연스럽게 말을 붙일 수가 있을 것 같았다.

나는 내가 다음으로 할 말을 구상하며 손에 잡고 있던 비닐봉지를 옮겨 잡았다. 고무줄처럼 늘어난 손잡이 때문에 손바닥이 아파서였다. 그런데 그때, 무게를 견디지 못한 비닐봉지의 손잡이가 이내 끊어지고 말았다. 비닐봉지 안에 들어 있던 고등어자반이 땅바닥에 쏟아졌다. 다른 하얀 속 비닐로 싸여있어서 바닥의 먼지가 묻지는 않았지만, 비닐봉지가 찢어졌기 때문에 생선을 다시 주워 담을 것이 문제였다. 나는 허리를 구푸리고 찢어진 비닐봉지를 다시 잘 벌렸다. 그때였다.

"그 봉지는 안 되겠는데요."

그녀의 목소리가 들려왔다. 그것도 잘 아는 사람하고 이야기를 하는 것처럼 자연스럽고 친근한 말투였다.

"좀, 질긴 봉지에다 담아줄 것이지."

내가 혼잣말로 투덜거렸다. 그 순간에도 내 머릿속에서는 그녀와의 대화를 이어줄 다음 말을 찾기에 여념이 없었다. 그런데 그때 그녀의 목소리가 다시 들려왔다.

"여기 담으세요."

그녀는 자기의 무릎에 놓고 있던 분홍색 핸드백 속에서 손바닥 정도의 크기로 납작하게 접혀 있는 천을 꺼내더니 펼쳤다. 개나리꽃 무늬가 가득한 비단 천으로 된 고급 장바구니였다.

"어떻게 이런 걸 가지고 계시죠?"

마치 이런 사고가 있을 줄 알고 미리 준비해 온 것 같아서 놀라웠다. 더구나 그녀의 옷차림은 시장을 보려고 나온 가벼운 옷차림도 아니었다.

"혹시 쓸 일이 있을지 몰라서…."

'혹시 쓸 일이 있을지 몰라서.'라는 그녀의 예감? 그 예지력은 영험하고 초감각적이다. 남녀 두 사람에게는 천지가 창조되는 역사적인 순간을 가져다주기도 해서다. 그녀는 장바구니를 나에게로 내밀었다. 접혀 있던 가장자리가 다림질한 것처럼 금이 살아있어서 자주 사용하던 장바구니가 아님을 말해주고 있었다.

"여기에다 이런 물건을 담아도 될까요?"

장바구니가 워낙 고급스러워 보여서 나는 부담스러웠다.

"괜찮아요."

나의 부담감을 덜어주려는 듯이 그녀는 미소를 지어주었다.

"고마워요. 나중에 맛있는 거 많이 사드릴게요."

나는 속으로 쾌재를 불렀다. 그녀는 미소를 지을 뿐 말없이 있었다. 내가 다시 말했다.

"실례지만 핸드폰 번호 좀 알려주시겠습니까?"

조금 전까지는 그녀에게 말이라도 붙여보자는 수작이었지만 지금은 그녀와의 연락망을 구축해놓는 일이었다. 이런 난처한 위기를 넘기게 해준 고마움에 보답도 하고 싶었다.

"왜요?"

그녀는 의아하다는 듯이 나를 올려다보았다.

"이 장바구니 돌려드려야죠."

"아니, 돌려주지 않으셔도 돼요."

의외의 실망스러운 대답이었다.

"아닙니다. 저는 꼭 돌려드리고 싶어요. 도움을 받은 것만도 고마운데."

나의 정중한 말에도 그녀는 말없이 있었다. 그러더니 마지못해서 하듯,

"그러면 아저씨 전화번호를 알려주세요. 제가 전화할게요."

하고 말했다. 나는 얼른 내 핸드폰 번호와 이름을 적어서 그녀

에게 주었다.

이렇게 해서 이 세상 수십억의 여자와 남자 중에 보일 듯 말듯 작은 존재이며 지구상 어느 구석에 살고 있는지도 모르던 그녀와 나의 만남이 시작되었고 관계가 시작되었다. 잠자고 있던 나의 인생이 깨어나 보석처럼 반짝 빛을 발하게 되었다. 그녀와의 만남을 나는 운명적이라고 하지 않을 수가 없다. 왜 그 순간에 비닐봉지의 손잡이가 끊어졌으며, 그녀는 어떤 예감으로 핸드백 속에 장바구니를 넣고 집을 나왔을까 해서다.

*

그녀를 만나게 된 것을 행운이라고 생각하며 나는 이 세상 모두에게 감사했다. 하늘과 땅, 나무, 돌까지도 나에게 새로운 의미로 다가왔다. 그녀는 나에게 꼭 필요한 여자였다. 나는 그녀와 결혼할 것을 계획하고 있었다.

그런데 그해 가을, 노란 은행잎이 보도 위를 덮어주던 어느 날, 그녀는 할 말이 있다며 나를 만나자고 했다. 나는 대수롭지 않게 생각하며 그녀와 함께 오피스텔의 뒷산으로 올라갔다. 그날 그녀의 모습은 여느 때보다 조금 달라져 있었다. 항상 웃는 모습으로 이야기를 잘해주던 그녀였는데 그날은 말도 없이 쓸쓸한 표정이었다.

"지혜 씨? 무슨 걱정되는 일이라도 있어?"

나는 그녀의 눈치를 살폈다.

"아니…."

아니라고 말은 했으나 그녀는 굳어있는 표정을 풀지 못하고 있었다.

"저기 바위로 가서 앉자."

주말농장같이 여러 채소가 조금씩 자라고 있는 작은 밭을 지나서 산을 오르던 나는 양지쪽에 보이는 바위를 가리켰다. 수북이 떨어져서 쌓인 낙엽으로 길은 미끄러웠고 그늘을 만들어 주던 머리 위의 나무들 사이로는 파란 하늘이 훤히 올려다보였다. 바위로 다가간 나는 그녀를 편한 자리에 앉게 하고 그 옆으로 마을을 내려다보며 같이 앉았다. 조금 떨어진 산비탈에서는 까치 두 마리가 부스럭 소리를 내며 낙엽을 헤치고 있었다.

"서준 씨? 나 몇 살 같이 보여?"

그녀가 생각지도 않았던 말을 꺼냈다.

"글쎄, 나하고 비슷하겠지 뭐."

관심 없이 말하며 나는 쓸쓸하게 보이는 그녀의 어깨를 가볍게 감싸 안았다. 그때까지 나는 그녀의 나이를 물어보지 않았다. 나와 비슷할 것이라고만 생각하고 있었다.

"사실은 나, 서준 씨한테 숨긴 거 있어."

그녀가 내 눈치를 보며 어려운 듯이 말했다.

"뭔데?"

"나, 결혼했어."

"무슨 소리야?"

거짓말이라고 생각하며 나는 그녀의 눈을 빤히 보았다.

"모두 다 말할게. 나이도 서준 씨보다 두 살 많아."

그녀에게서는 처음 들어보는 차갑고 단호한 말투였다.

"지혜 씨 나이 같은 거 나는 신경 안 써. 그런데 결혼했다니?"

정신이 번쩍 들었다. 그녀의 나이가 나보다 많거나 적거나 그것은 관심 없다. 그런데 유부녀라니, 그것은 생각하지도 못했던 중요한 문제였다. 나의 이해나 사랑으로는 해결할 수 없는 제도권에 묶여 있는 일이어서다.

"여섯 살 된 딸도 하나 있어."

말문이 막히고 소름이 돋을 정도로 몸과 마음이 얼어붙었다. 그녀의 말이 사실이라면 나는 지금까지 유부녀와 정을 통하고 있었던 것이다.

"실망했지?"

미안한 듯 보이는 미소를 지으며 나를 잠깐 본 그녀는 마을 쪽으로 시선을 돌렸다.

"난, 그런 줄은 전혀 몰랐는데."

서운함을 숨기며 내가 조용히 말했다. 죄라도 지은 듯 어렵게 말하는 그녀에게 놀라거나 실망하는 반응을 내보일 수가 없었다. 결혼한 여자일지도 모른다는 생각을 한 번도 해보지 못한 내가 잘못일 뿐이다.

"…미안해."

그녀도 마음이 편하지는 않은지 입술의 근육이 개방되듯 살짝 떨렸다. 솜털 같은 귀밑머리는 살랑이면서 그녀의 하얀 볼과 목덜미를 스치고 쓰다듬고 했다.

"아니야…."

나직하게 말하며 나도 시선을 마을 쪽으로 돌렸다. 그녀를 바라볼 수가 없었다. 재능과 미모로 언제나 자신감이 넘치고 시원스럽기만 하던 그녀였기에 기가 죽어 있는 위축된 모습은 오히려 나를 안타깝게 했고 안 되어 보일 정도로 연민마저 느끼게 했다.

"진작 말해주려고 했었는데. 미안해…."

그녀는 바위틈 사이에 보기 싫게 나 있는 작은 잡초를 맨손으로 뽑는 무의식적인 행동을 했다.

"미안하기는… 미안해할 사람은 나야. 내가 가정을 가지고 있는 지혜 씨의 잠잠한 마음에 불을 지피고 비뚤어진 호기심을 불러일으킨 거야. 그런 나한테 그동안 정성을 쏟아주고 사랑을 준 것만도 고마워.”

먼 곳에서 산비둘기가 ‘구 국- 구 구’ 하염없이 울었지만, 그 울음소리가 내 귀에 들어오다가 들리지 않다가 했다. 마음이 갑자기 혼란스러워지며 뒤숭숭해졌다. 앞으로 나는 어떤 꿈을 가지고 어떻게 미래를 설계해야 하는가? 아니, 나의 미래는 있는 것일까? 나의 미래 자체가 송두리째 흔들리고 있었다.

“서준 씨, 그동안 고마웠어. 좋은 사람 만나.”

좋은 사람을 만나라고 하는 그녀의 말이 원망스럽고 속이 상해서 내 눈에 눈물이 고였다.

“지혜 씨보다 더 좋은 사람은 이 세상에 없어.”

‘이렇게 이별이 오는구나… 이게 이별이구나….’ 그렇게 중얼거리면서 나는 어금니를 꾹 물었다.

*

언제였든가. 약국이 거의 다 문을 닫고 쉬는 일요일이었다. 볼일이 있어서 전주에 다녀오는데 고속버스 안에서 갑자기 배가 아프기 시작했다. 마지막 휴게소에 들렀을 때는 그런대로 참을만해서 별거 아니겠지 하고 그냥 서울로 올라오는데 급성 맹장염이 아닐까 할 정도로 통증이 급상승하면서 점점 더 심하게 아파졌다.

고속버스 안이라서 누구에게 말을 할 수도 없고 약을 사러 갈 수도 없었다. 그때 그녀에게서 전화가 왔다. 궁금해서 했다는 안부 전화였는데 이런저런 이야기를 나누다가 나는 배가 많이 아프다는 말을 하게 되었다. 터미널에 도착하면 약부터 사 먹어야 하겠다는 말도하고 전화를 끊었다.

하지만 그날은 일요일이어서 문을 연 약국이 있을지 의심스러웠다. 더구나 큰 문제는 귀경 차들로 고속도로가 꽉 막혀 있는 일이었다. 눈앞에 보이는 상황마저 절망적이자 온몸에 기운이 빠지고 배가 오그라들며 이마에서는 땀까지 났다.

아픈 배를 쓰다듬어가며 한 참 후에 나는 강남고속버스터미널에 도착했다. 교통체증으로 예정 시간보다 30분이 넘게 지체되었으니 문을 열었던 약국이 있다고 해도 이미 닫았을 늦은 시간이었다. 그런데 고속버스에서 내리던 나는 문 앞에 서 있는 그녀를 보고 깜짝 놀랐다. 손에는 하늘색 보자기로 싼 무엇인가를 들고 있었다.

"아니! 지혜 씨가 여기는 웬일이야?"

잘못 본 것은 아닐까 해서 내 눈은 그녀의 주변까지 두리번거려졌다.

"배 아픈 거는 어때?"

그녀는 내 얼굴에서 눈을 떼지 않았다.

"아직도 좀…."

나도 모르게 미간이 찡그려졌다.

"이거 마셔. 배 아픈 데는 이게 최고야."

그녀는 들고 있던 보자기를 왼쪽 팔로 가슴에 안아 잡고 오른 손으로는 보자기의 매듭을 풀었다. 보자기 안에는 보온병이 들어 있었다.

"이게 뭐지?"

"양귀비 줄기를 달인 물이야. 지금 막 달여왔어."

"양귀비 줄기?"

양귀비라는 이름은 들어봤으나 양귀비 줄기라는 말은 생소했다.

"양귀비 몰라? 요염한 꽃! 그 꽃의 줄기라고."

그녀가 답답하다는 듯이 말했다.

"그런데 이걸 나 주려고 달여왔단 말이야!"

믿을 수 없는 일이었다.

"배 아프다면서?"

"그렇긴 한데. 여기가 어디라고 여기까지 이런 걸 해 와. 약 사 먹으면 될 텐데."

"약국 문 다 닫았어. 그리고 약은 안 듣는 것도 있지만 이 물은 어떤 통증이든 즉효야."

그녀는 보온병의 뚜껑을 뱅글뱅글 돌려서 열더니 물을 한 컵 따라서 나에게 내밀었다. 컵을 받아 든 나는 그녀의 뜻밖의 행동이 믿어지지 않아서 바라만 보고 있었다.

"어서 마셔. 이게 뭐 어때서 그래."

나는 그녀가 준 약물을 꿀꺽꿀꺽 마셨다. 양귀비 줄기는 어떤 맛인가 궁금하기도 했는데 아무 맛도 없이 싱겁고 밋밋했다. 그녀는 반 컵만 더 마시라며 조금 더 따라 주었다.

"어때? 괜찮아?"

약물이 목에서 내려가기도 전에 진지하게 묻는 그녀의 천진스러운 모습에 웃음이 나왔다.

"응, 다 나았어."

그런데 그제야 생각해 보니 나는 언제부터인지 아픈 것을 느끼지 못하고 있었다. 자연히 치유된 것인지, 그녀가 만들어 온 약물을 먹어서인지, 아니면 그녀의 정성에 놀라선지.

"양귀비 물을 집에서 끓여 먹어? 이거 불법 아닌가?"

양귀비는 구할 수도 없는 것으로 나는 알고 있었다.

"양귀비 줄기야?"

줄기도 불법이냐고 묻는 눈치였다.

"글쎄…."

"일단은 살려야 감옥엘 보내도 보내지."

그녀의 유머에 나는 웃음을 터뜨렸다. 그녀가 다시 말했다.

"아버지가 젊으셨을 때는 인천에 있는 작은 섬인 '세어도'에서 새우잡이 배를 가지고 계셨어. 그런데 그 섬에는 병원이 없는 데다 육지로 나가는 여객선이 하루에 한 번만 다니기 때문에 어디가 아프면 죽는 수밖에 없을 정도야. 그래서 응급 시에 쓰려고 어머니가 양귀비 줄기를 준비해두고 계셨었는데 그게 나한테 조금 있더라고. 그래서 해왔어."

그때까지 살아오면서 나는 그녀의 그런 희생적인 사랑을 그 누구에게서도 받아보지 못했다. 그녀처럼 애틋한 마음씨의 여자가 있다는 것조차도 생각 못 하고 있었다. 나에게서 배가 아프다는 말을 들은 그녀는 그랬을 것이다. '오늘 일요일이라서 약국이 모두 문을 닫았을 텐데 어쩌지?' 하며 걱정하다가 약탕기를 내려서 불에 올려놓고 부랴부랴 양귀비 줄기를 달였을 것이다. 그리고 지하철을 갈아타면서까지 고속버스터미널로 와서 내가 도착하기를 기다리고 있었을 것이다. 고속도로의 정체로 30분 이상 늦어졌으니까 그녀는 적어도 한 시간 정도는 기다려야 했을 것이다.

"지혜 씨의 정성은 정말 놀라워."

그녀의 손을 잡으니 유난히 따듯하고 보드라웠다.

"사랑하는 사인데 뭐가 놀라워. 당연하지."

그녀는 아무렇지도 않게 대답했다. '아, 그래.' 나는 고개를 끄덕였다. 상대의 아픔을 덜어주기 위해서 자신의 희생을 아끼지 않는 그게 바로 사랑하는 사이지. 나는 '사랑하는 사인데 뭐가 놀라워?' 하던 그녀의 말을 잊을 수가 없다. 그녀가 혼잣말로 다시 말했다.

"사랑을 줄 수 있는 사람이 있다는 게 얼마나 큰 행복인데. 그것만큼 보람 있고 자랑스러운 일은 없어."

나는 그때 그녀와의 사랑을 위해서라면 죽어도 좋다고 생각했었다.

산속의 늦가을 기온은 으스스했다. 엉덩이가 시려지는 데도 그녀와 나는 자리에서 일어나지 못하고 있었다. 그녀와 헤어지지 않을 수는 없을까. 그 궁리만이 내 머릿속을 맴돌았다. '구천'이라는 사람처럼 머슴이 되더라도 그녀를 데리고 어디론가 멀리 도망가서 같이 살고 싶은 충동도 일었다. 이 세상 어느 곳에 가서든지 나는 그녀를 지켜주고 행복하게 해줄 자신이 있었다. 그녀와 함께라면 내 인생이 타락하는 것도, 파멸도 두렵지 않았다.

"나는 죽어도 지혜 씨를 잊지 못할 거야. 지혜 씨는 정말 고맙고 착한 사람이야."

눈앞이 다시 흐려져 와서 나는 골짜기 쪽으로 시선을 돌렸다. 산 아래에서 돌개바람이 불어오자 으스스해지며 부스럭 소리와 함께 낙엽이 이리저리 몰려다녔다.

"고마워."

그녀의 목소리가 차분히 들려왔다.

"이렇게 예쁜 여인이 나를 기다리고 있을 리가 없지."

나도 마음을 추스르고 쓸쓸히 미소 지으며 그녀를 바라보았다. 나를 위로해주려는 듯이 그녀가 나에게 입을 맞추었다. 오랫동안 그녀와 나는 입을 떼지 않았다. 키스하면서 나는 행복하게 잘 살아달라고 마음속으로 말했다. 키스에는 실로 많은 이야기가 들어 있었다. 사랑한다는 말도, 헤어지기 싫다는 말도, 행복하게 잘 살아달라는 말도 들어 있었다.

3. 거스를 수 없는 운명

그날의 키스를 마지막으로 나는 그녀를 만나지 않았다. 만나서도 안 되었다. 그동안 나는 앞으로 나아가서는 안 되는 사랑을 하고 있었던 것이다.

하지만, 결혼할 것을 염두에 두고 사랑하던 사람을 잊으려고 한다는 것은 덜컥하고 되는 일이 아니었다. 누렇게 메마른 잔디 속에서 파릇파릇 돋아나는 새순, 버스정류장에 버려지듯 있는 텅 빈 벤치, 그것은 그녀가 앉아 있다가 떠나간 듯해서 기껏 잊고 있었던 그녀의 얼굴을 문득, 문득 떠오르게 했다.

그녀는 나의 사랑이 아니다. 그녀에게는 내가 아니더라도 보살펴주고 아껴줄 신랑이 있고 그녀가 사랑하는 아이도 있다. 그녀는 어쩌면 나와의 사랑은 한때의 불장난으로, 나 같은 존재는 이미 잊었는지도 모른다.

경을 읽듯이 그녀와 나의 괴리감을 중얼거리면서도 나는 그녀에 대한 미련을 떨칠 수가 없었다. 그녀를 만나야 할 특별한 이유가 있는 것도 아니고 만나서도 안 되는데 단 한 번만이라도 다시 보았으면 하는 그리움이 날이 가면 갈수록 켜켜이 쌓여만 갔다.

그런 간절함 때문일까? 일말의 예감도 있었다. 언젠가는 그녀를 다시 만나게 될 것 같은 희망, 그녀와의 사랑이 결코 이렇게 허무하게 끝나지는 않을 것이라는 그런 막연하면서도 희미한 재회의 기대가 나의 삶을 하루하루 이어가게 했다.

그런데 예감이란 무시할 것이 아니었다. 그 가을이 다 가고 오버 깃을 세우며 목을 움츠리게 하던 늦가을의 어느 날 밤, 잠자리에 들기 위해서 침대에 누웠는데 핸드폰 벨 소리가 나의 잠을 달아나게 했다. '누굴까?' 한밤중에 온 전화여서 의아하게 생각하며 나는 핸드폰을 들여다보았다. 순간 나는 정신이 번쩍 들었다. '지혜'라는 그녀의 이름이 검은색 액정에서 환하게 불을 밝히고 있어서였다.

"여보세요?"

눈물이 글썽일 정도로 그리웠고 괜히 원망스럽기도 했던 그녀, 하지만 밤늦은 시간에 온 전화여서 무엇이 잘못되었을까 걱정부터 앞섰다. 내 말에 저쪽에서는 대답이 없었다. 잘못 온 전화일까.

"여보세요?"

나는 목소리를 좀 더 크게 냈다.

"잘 있었어요?"

잠시 적막이 흐르더니 그녀의 낮은 목소리가 조심스럽게 들려왔다.

"그럼요. 지혜 씨도 별일 없죠?"

그녀의 전화를 기다리기라도 했었던 것처럼 얼른 말했다. 무슨 이유로 전화했는지는 모르지만 전화해서 미안한 듯 어렵게 말하는 그녀이기에 반가워하는 내 마음을 얼른 내보여서 부담감을 덜어주고 싶었다. 이럴 줄 알았으면 내가 먼저 전화했어야 하는데 하는 후회도 되었다.

"응~."

귓전을 스치는 기타의 조율 소리처럼 그녀의 목소리가 짧게 지나갔다.

"전화해줘서 고마워. 나도 전화하고는 싶었는데…."

미안한 마음에 나는 말끝을 흐렸다.

"내가 졌지 뭐."

그녀의 유머 있는 대답은 여전했다. 생각해 보니 자신이 졌다고 하는 그 말에는 많은 의미가 들어 있었다. 보고 싶은 것에 지고, 나의 고집에 지고, 그뿐만이 아니다. 그녀도 그동안 나를 그리워

했었다는 뜻도 들어 있고 자신을 낮추고 상대의 자존심을 부추겨 주는 배려도 엿볼 수 있는 말이었다.

"아니야, 지혜 씨! 내가 진 거야. 나는 전화하고 싶어도 눈치 보느라고 핸드폰을 만지작거리기만 했었는데 지혜 씨는 정말 용기 있는 사람이야."

"서준 씨, 지금 집에 있어?"

"그럼."

"혼자?"

"그럼 혼자지."

"나, 지금 서준 씨 집에 갈 거다~."

어느 정도 긴장이 풀어졌는지 그녀는 여느 때처럼 장난하듯이 말했다. 몇 개월이지만 수십 년 같은 세월과 심리적 시달림을 훌쩍 뛰어넘어 그녀와 나는 어느새 한창 사랑을 나누던 그때의 감정으로 되돌아가 있었다.

"우리 집에 온다고? 지금?"

탁상시계를 보니 밤 11시 30분이었다.

"응, 괜찮지?"

"오는 거야 괜찮지만 지금 시간에 어떻게?"

신랑이 집에 있는 밤인데 나에게로 오다니, 무슨 다급한 일이 생긴 것일까? 혹시, 나하고 사귀었던 일로 어떤 곤란한 문제라도?

어쨌건 나는, 지금은 그녀가 우리 집에 오지 않았으면 했다. 당장이라도 달려가서 만나보고 싶은 그녀지만 신랑이 있는 그녀를 이 밤중에 만난다는 것은 설명하기 어려운 일이었다.

"지금 갈 거야."

그녀가 작정한 듯 말했다.

"무슨 일 있어?"

"아니야. 아무 일도…."

"그러면 내일 만나자."

"아니야, 오늘 만나야 해."

무슨 일 때문일까? 그녀의 단호한 말이 두렵기까지 했다. 나하고 사귀었던 일이 문제가 되었다면 나는 그녀를 도와주어야 한다. 하지만 내일 만났으면 해서 나는 핸드폰을 귀에다 댄 채 대답을 못 하고 있었다.

"간다~."

분명하게 말을 남기고 그녀는 전화를 끊었다. 그녀에게 오지 말라고 다시 전화할까 해서 나는 핸드폰을 손에서 놓지 못하고 있었다. 하지만 나는 끝내 오지 말라는 전화를 하지 못했다. 무슨 일인지 모르지만 급한 일이 있어서 구원을 청하듯 용기를 낸 그녀의 결정을 존중해주어야 한다. 나는 일단 그녀를 만나보기로 하고 옷을 챙겨 입었다. 그리고는 그녀와 자주 다니던 골목으로 나갔다. 오늘 하루를 접는 시각, 골목에는 인적이 끊기고 그녀와 나의 만남을 이어주던 접시형의 가로등 불빛만이 조심하라는 듯 길을 밝혀주고 있었다.

*

잠시 후, 골목을 거의 다 나갈 무렵, 트랜스 코트를 휘장처럼 펄럭이며 철물점 모퉁이를 돌아서 이쪽으로 들어오고 있는 그녀를 발견했다.

"오랜만이네."

반가운 마음에 나는 얼른 다가갔다. 그러던 나는 그녀의 모습에 걸음을 멈추고 눈을 동그랗게 떴다. 울상으로 일그러진 얼굴에 머리카락은 쥐어뜯긴 듯 엉클어져 있고, 한쪽 손에는 핸드폰, 또 한쪽 손에는 양말을 들고 슬리퍼를 신고 나타났다. 항상 단정하던 그녀였기에 며칠 동안 칩거해있다가 허둥지둥 외출한 듯 보이는 어수선한 모습에 나는 멍하니 그녀를 바라보았다.

"갑자기 와서 미안해."

비올라의 중후한 저음처럼 바닥에 가라앉는 목소리, 돌발적인 한밤중의 등장이 말해 주듯 얼굴마저도 밝은 모습은 간데없고 마분지처럼 누렇게 되어서 피로하고 지친 기색만이 가득했다.

"아니야. 미안하기는."

다시 보게 되는 반가움과 일말의 걱정으로 나는 그녀의 얼굴에서 시선을 떼지 못했다.

"신랑하고 무슨 일 있었어?"

내가 다시 물었다.

"아니."

미소를 지어 보이며 그녀는 달라지지는 않았을까하듯 나의 얼굴을 본다.

"그러지 말고 말해 봐. 목소리까지 잠겼어."

"그냥, 서준 씨하고 술 한 잔 먹고 싶어서 왔어. 오랜만에 얼굴도 보고."

무슨 일 때문일까. 나는 말없이 그녀를 바라보고만 있었다.

"서준 씨 집으로 가자. 안 돼?"

"우리 집으로?"

신랑이 집에 있을 텐데 이 밤중에 우리 집으로 가자고 하다니? 그렇다고 어려운 말을 꺼낸 그녀에게 안 된다고 자를 수도 없어서 나는 대답을 하지 못하고 있었다.

"곤란하면 그냥 갈게."

말은 그렇게 했지만, 금방이라도 눈물을 글썽일 것 같이 가라앉은 목소리였다. 무슨 일인지는 모르지만 지친 모습으로 밤늦은 시간에 멀리까지 찾아온 그녀를 돌려보낼 수는 없었다. 여자의 자존심도 있을 텐데 우리 집으로 가자고 말할 수밖에 없는 그녀의 사정을 나는 이해해주고 보듬어 주어야 했다.

"그래, 가자."

그녀를 데리고 나는 내가 사는 오피스텔로 향했다. 그녀와 함께 나의 오피스텔에 다시 오는 날이 있다니 꿈만 같았다.

"오랜만에 오네."

룸 안으로 들어서며 그녀는 집안을 둘러보았다. 주인이 없던 방처럼 침체 속에 잠겨 있던 내 방이 그녀의 등장으로 생기가 돌면서 향기가 되살아났다. 나는 테이블 의자로 가서 그녀와 마주 보고 앉았다. 밝은 불빛 아래서 보니 그녀는 며칠 동안 잠도 자지 못했는지 해저에 사는 물고기처럼 눈이 움푹 들어가 있었고, 피로한 듯 졸음도 매달려있었다.

"술 있나요?"

어색한 분위기를 몰아내려는지 그녀가 장난스럽게 말했다.

"술 먹은 거 같은데 또 먹으려고?"

"오랜만인데 둘이 한잔해야지."

"아저씨는?"

나는 그녀의 표정을 살폈다.

"자겠지 뭐!"

아저씨라는 말에 갑자기 화가 나는지 그녀의 목소리가 커졌다.

"술은 먹지 말자."

아저씨가 집에 있다는 말에 나는 다시 걱정되었다.

"왜? 나는 술 더 먹어도 괜찮아. 그리고 오늘은 술 좀 먹어야 해. 그럴 이유가 있어."

"무슨 일인데 그래?"

"술 한 잔 마시면서 얘기할게."

할 수 없이 나는 술을 준비하려고 일어섰다.

"귀찮게 해서 미안해."

그녀는 코트를 벗어서 옷걸이에 걸어놓고는 세면장으로 들어갔다. 나는 맥주와 잔을 준비하고 멸치와 함께 테이블 위에 갖다 놓았다. 술을 먹고 싶은 생각이 없었으나 술잔도 두 개를 준비했다.

"나한테 실망했지?"

세면장에서 나온 그녀가 다시 테이블로 왔다.

"실망한 건 아니고, 무슨 일이 있는지 걱정돼."

부담되는 일이 한두 가지 아니다. 신랑이 그녀를 찾아서 술래처럼 밤거리를 헤매고 있는 것은 아닐지, 귀신처럼 우리 집 현관문 밖에 우뚝 서 있는 것은 아닌지. 나는 그녀에게 맥주를 따라주었다.

"자아- 한잔합시다."

우리는 맥주부터 한 잔씩 마셨다.

"나는 사실은 서준 씨를 사귀기 이전부터 신랑하고 문제가 많았어. 그러다 서준 씨를 만난 거야. 서준 씨를 만나서 속상한 일을 잊고 스트레스를 풀고 하면서 견뎠어."

"그래?"

나로서는 생각지도 못하던 일이었다. 사랑스럽고 능력 있는 그녀이기에 신랑에게 사랑받으며 행복하게 사는 줄로만 알고 있었다.

"서준 씨는 생각이 넓고 마음이 따듯해. 그래서 서준 씨하고 얘기하다 보면 속상해서 곤추섰던 마음이 봄눈 녹듯 스르르 녹는 거야."

"나는 그런 줄은 전혀 몰랐는데."

조용히 말해주며 나는 시계를 보았다. 자정이 되어가고 있었다.

"서준 씨를 만나지 않았다면 나는 그때 이혼했을 거야."

그녀가 넋두리하듯 말했다.

"지혜 씨? 벌써 밤 열두 시야."

나는 그녀가 어서 집으로 돌아갔으면 했다.

"나, 오늘 집에 안 들어갈 거야."

그녀가 맥주병을 집어 들더니 자기의 잔에다 다시 술을 따랐다.

"안 들어가다니?"

무슨 뜻인가 하며 나는 그녀의 눈을 빤히 보았다.

"여기서 자고 가면 안 될까요?"

그녀가 장난스럽게 말하며 미소를 지었다.

"자고 가다니? 큰일 나려고 그래!"

그녀하고 같이 잠을 자지 않았던 건 아니다. 지난여름까지만 해도 낮이고 밤이고 시간만 있으면 둘이 침대 위에서 뒹굴었다. 하지만 그때는 그녀가 유부녀라는 사실을 모르고 있을 때였다.

"큰일 좀 났으면 좋겠어."

무엇엔가 분노하듯 그녀가 중얼거렸다.

"무슨 일인데 그래?"

"별일도 아니야."

그녀는 맥주를 한 모금 더 마시고는 말을 시작했다.

*

"어제 저녁때였어. 아홉 시가 넘었는데 갑자기 친구들을 데리고 우르르 쿵 쾅! 들이닥치는 거야. 그러더니 술 가져오라고?"

그녀는 내 표정을 슬쩍 보고는 다시 말을 이었다.

"사전에 전화라도 해 줘야 미리 준비하잖아! 그런데 그놈은 나한테 그만한 배려도 예의도 없는 거야! 사람 망신시킬 줄만 알지!"

그녀의 목소리가 다시 커지기 시작했다.

"할 수 없지 뭐. 그냥 있는 대로 술이나 내주는 거지."

"그래도 여자의 얼굴이 있지! 신랑 친구들이 왔는데 먹던 반찬 한두 개 달랑 꺼내놓고 구경하고 있을 수가 없잖아! 소문만 나고 두고두고 흉만 잡힌다고! 그래서 자다 말고 일어나서 두 시간 동안 잔치를 치렀다니까! 그렇게 해놓고는 오늘 밤에 또 늦게 들어오는 거야. 나는 일찍 들어와서 미안하다는 말이라도 할 줄 알았어."

"…."

"그런데 그놈은 그게 아니야! 오늘도 아홉 시가 넘어서 들어왔는데 술 냄새가 장난 아니야! 그래도 꾹 참고 '저녁 먹었어?' 하고 물어보니까 먹었다고 쳐다보지도 않고 말하더라고! 그래서 한마디 했지! 듣기 싫게 말하지도 않았어! 싫은 소리 하면 또 토라지니까 조용하게 '친구들을 데리고 오려면 미리 전화라도 해주지.' 그랬다! 그랬더니 '직장에 다니는 사람이 그럴 수도 있는 거지!' 하면서 오히려 큰소리를 치는 거야!"

나는 말없이 듣고만 있었다.

"그래서, 아니! 왜 그래? 얘기 좀 하자는데!' 하고 말했더니 '그런 걸 이해 못 하면 어떻게 결혼생활을 해!' 그러는 거야! 나 참 기가 막혀서. 서준 씨 생각해봐! 결혼생활이 그런 거야?"

나는 할 말이 없었다.

"처음에는 그냥 참고 자려고 했는데 자존심도 상하고 도저히 안 되겠더라고! 그래서 거실로 나가 냉장고에서 소주를 꺼내 병째로 들고 꿀꺽꿀꺽 마셨다! 그리고는 그놈이 있는 방으로 다시 들어갔지! 자는 줄 알았는데 누워서 티브이 보고 있더라고! 그래서 티브이를 탁 끄면서 따졌지! 내가 잘못했느냐고! 내가 잘못했으면 미안하다고 할 테니까 말 좀 해보자고! 그랬더니 '시끄러워!' 하고 다시 소리를 지르더니 베개를 들고 건넌방으로 가는 거야!"

어이없다는 듯 내 얼굴을 한 번 보고는 다시 말한다.

"미안하다고 한마디만 하면 되잖아! 그러면 나는 이해하고 넘어갈 수 있어! 그런데 그놈은 오히려 눈을 부라리며 화를 내니 어떻게 참아! 그래서 '알았어! 혼자 잘 살아!' 하고 뛰쳐나온 거야."

"지혜 씨가 화낼 만도 했다."

말없이 있던 내가 그녀를 위로했다.

"처음에는 찜질방으로 갈까 했는데 그러면 속이 안 풀릴 것 같잖아. 누구한테든지 하소연하고 술도 한잔 먹어야지. 그래서 서준 씨한테 전화한 거야. 서준 씨는 억울한 내 마음을 알아줄 거 같더라고…."

그녀가 말끝을 흐렸다.

“전화한 거는 괜찮아. 그래도 이제 숨 좀 고르고 술도 그만 마시고 있어. 조금 있으면 신랑한테서 전화 올 텐데 마음의 준비를 하고 있어야지.”

“절대로 전화 안 와! 그놈은 그런 놈이라니까! 두고 봐! 내 말이 틀리나.”

“그러면 안 되지. 싸울 때는 싸우더라도 걱정할 건 걱정해야지. 아내가 화가 나서 밤늦게 집을 뛰쳐나갔는데 무슨 사고라도 생기면 어쩌려고 무관심해. 밤거리가 얼마나 위험한지 그 사람도 잘 알 텐데.”

그녀의 말을 믿을 수가 없었다. 하지만 그녀가 나에게 온 지 한 시간이 넘었는데도 그녀의 신랑에게서 전화는 오지 않는다.

“그놈은 마누라가 밖에 나가서 죽었는지 살았는지 관심이 없다니까! 그런 사람하고 사니 내 속이 얼마나 상하겠어!”

“그래도 조금 있다가 집에 들어가. 신랑이 집에 있는데 외박한다는 건 말도 안 돼. 나중에 트집만 잡힌다고.”

조용한 말로 나는 그녀를 달랬다.

“신랑이 잘해줘 봐! 누가 외박하고 바람피우나!”

“지금 그런 원론적인 얘기를 할 때가 아니야. 눈앞에 벌어져 있는 문제부터 수습해야지.”

“서준 씨! 자꾸 그러지 마! 나 오늘 밤엔 집에 안 들어가! 그러잖아도 요즘 속이 팥죽처럼 부글부글 끓고 있었어! 그런데 더는 못 참아! 오늘은 그놈이 어떻게 나오는지 볼 거야! 내가 고분고분하니까 안 되겠어. 툭하면 저쪽 방으로 가서 혼자 자고! 시도 때도 없이 밤늦게 들어오고! 갈수록 더 해! 나를 완전히 무시하는 거야!"

이미 결심이 되어 있다는 듯 그녀의 목소리는 단호했다.

"지혜 씨의 심정은 이해가 되지만 외박이라니, 그건 두고두고 지혜 씨의 큰 약점이 되는 거야. 그리고 문제가 악화되면 지혜 씨한테로 책임이 돌아가는 거야. 그러면 속상하면서도 지금까지 참아왔던 노력이 모두 소용없어지잖아."

"서준 씨! 왜 자꾸 그래! 내가 와서 싫어?"

그녀가 정색하면서 나를 보았다.

"싫어서 그러는 게 아니야. 걱정되는 일이 많아서 그래."

그녀는 생각에 잠기듯 가만히 있었다.

"내 입장도 생각해 줘."

궁색하고 비겁한 방법 같았지만 나는 내 쪽의 사정을 말했다.

"그러면 나 찜질방으로 갈게. 집에는 안 들어가."

"찜질방으로 간다고?"

"이거 한 잔만 더 마시고 갈게."

그녀는 자기의 잔에다 다시 맥주를 따랐다.

“이 술은 마시지 마. 그리고 내 생각에는 찜질방보다는 집으로 들어가는 게 좋을 거 같아.”

그녀가 찜질방으로 간다는 말은 믿을 수가 없다. 지금 그녀의 흥분상태를 보아서 찜질방으로 갈지 술을 더 마시러 갈지, 아니면 밤거리를 쏘다닐지 그것은 모를 일이었다.

“서준 씨는 왜 자꾸 나를 비참하게 만들려고 그래! 지금 내가 집에 들어가면 신랑을 영원한 독재자로 만드는 거야! 앞으로는 신랑이 자기 멋대로 해도 찍소리 못하고 살아야 한다고! 지금까지는 져주면서 참고 살았지만, 언제까지나 그렇게 살 수는 없어. 이번에는 미안하다는 진정성 있는 말을 꼭 듣고 말 거야!”

잠시 차분해졌던 그녀의 목소리가 다시 커졌다. 아무래도 집으로 들어갈 것 같지는 않았다.

“찜질방으로 갈 거면 여기서 자.”

흥분상태에 있는 술 취한 그녀를 이 밤중에 거리로 내보낼 수는 없었다.

“알았어, 미안해.”

그녀의 목소리가 금방 수그러들었다. 가식이라고는 찾아볼 수 없는 단순한 모습을 보니 애써 돌려보내려고 했던 내가 미련스러웠던 것도 같았다.

“서준 씨는 이해해줄 거라고 생각돼서 찾아온 거야. 굳이 가라고 하면 갈 거야. 하지만 집으로는 안 가."

"알았어. 여기서 자."

"서준 씨한테는 절대로 피해가 가지 않게 할게."

그녀의 목소리가 부드러워졌다.

"지혜 씨를 위해서라면 나는 피해가 있어도 괜찮아."

나의 솔직한 심정이지만 지금의 경우는 다르다. 신랑이 집에 있는 시간에 그의 부인과 하룻밤을 잠잔다는 것은 명분을 내세울 수 없는 일이다.

"며칠 전에는 어땠는지 알아?"

잠시 말없이 있던 그녀가 생각났다는 듯이 말했다.

"어땠는데?"

"거실 청소를 하고 있는데 빈대떡이 먹고 싶다고 그걸 해오라고 그러더라고."

"술 생각이 났었구나."

"아니, 술상은 이미 차려 줬어. 술상을 앞에 놓고 티브이 보면서 그러는 거야. 할 수 없이 청소하다 말고 빈대떡을 만들어다 줬다! 그랬더니 조금 있다가 또 뭐라고 하는 줄 알아?"

그녀는 나를 빤히 보았다.

"뭐라고 하는데?"

"'바지 주머니에 지갑 있으니까 소주 한 병 더 사 와!' 그러는 거야. 남자는 그래야 하는 거야? 서준 씨! 말 좀 해봐!"

나는 말없이 있었다.

"남자는 그래야 하는 거냐고! 저는 술잔이나 기울이고 티브이 보면서 일하는 부인한테 이것저것 시켜 먹어야 하느냐고! 여자가 무슨 죄인인가? 종인가!"

나는 할 말이 없었다.

"결혼은 강압이나 복종이 아니야! 사랑이야!"

"맞아."

"시집가면 여자는 의지할 사람이라고는 신랑밖에 없어. 신랑만 믿고 산다고! 그런데 신랑이 하녀로 알고 주전부리 시중만 시키려고 하면 어떡해!"

"그래, 나도 명심해야 하겠다."

그녀의 화를 가라앉히기 위해서 내가 웃었다.

"서준 씨는 안 그래. 여자라고 차별 두지 않고 인격을 존중해주잖아. 잘못한 거는 미안하다고 하고 작은 반찬이라도 정성스럽게 만들어 주면 말로라도 맛있다고 그러고. 그런데 그놈은 음식을 아무리 맛있게 만들어 줘도 맛있다는 말이 없어. '더 있어?' 하고 소리만 지를 줄 알지."

"누구나 부부싸움은 하면서 살아. 하지만 지혜 씨에게도 그런 불화가 있을 줄은 나는 생각도 못 했어."

"말도 못 해. 서준 씨가 있다는 위안으로 속상한 걸 참아넘기고 했었어. 서준 씨는 나한테 버팀목이었어."

"나도 그랬어. 나도 지혜 씨를 잠시도 잊지 못하고 있었어."

"서준 씨한테 전화할까 한 적이 여러 번 있었어. 하지만 꾹꾹 눌러 참았었는데 오늘은 도저히 안 되겠더라고. 그래서 전화한 거야. 미안한 줄 알지만 어떡해."

"전화는 잘했어. 앞으로도 속상한 일이나 힘든 일 있으면 서로 도와주고 위로해주고 그러면서 살자."

"알았어, 고마워."

"나도 사실은 외로운 사람이야. 나도 지혜 씨를 만난 덕에 사는데 보람이 있었고 당찬 미래도 있었어. 지혜 씨한테 많은 것을 배우기도 했어. 지혜 씨를 만나서 세상에 눈을 뜬 거야."

"그렇게 생각해 주니 고마워."

"이제, 그만 자자. 지혜 씨도 피곤할 텐데."

"알았어. 오늘 밤은 신세 질게."

'신세'라는 그녀의 말이 우스웠다. 그녀는 침대로 가더니 옷을 모두 벗어서 방바닥 한쪽에 놓고 이불 속으로 들어갔다. 귀족의 딸로 자란 여인같이 고운 그녀가 어울리지 않는 누추한 이불속에 들어가서 꾸물꾸물 눕는 모습이 더없이 측은해 보였다.

"신랑한테 너무 많은 걸 기대하지 않았으면 해. 원래 그런 사람이다, 생각하고 살아."

"알았습니다. 서준 씨가 하라는 대로 하겠습니다~."

장난하고 싶었는지 그녀는 선생님의 질문에 대답하는 학생처럼 공손하게 말했다.

"무슨 일 생기면 지혜 씨만 더 속상하고 힘드니까 그래."

식탁을 대충 치우고 나도 그녀 옆에 가서 누웠다.

"이제는 서준 씨를 다시 만났으니까 괜찮아. 신랑이 아무리 힘들게 해도 참을 수 있어."

신랑이 힘들게 해도 애인이 있으면 참을 수 있고 애인이 없으면 신랑도 밉고, 모순되고 위험한 인간의 심리 같다. 하지만 깊이 생각해 보면 그런 발상은 존재하기 위해서 의지하게 되는 어쩔 수 없는 몸부림이라는 생각도 든다. 이 세상을 혼자 상대하기에 인간은 나약하기 그지없는 존재이기 때문이다.

어쨌든 나를 찾아온 그녀의 용기에 의해서 우리는 처음 만나서 사랑하던 그때로 다시 돌아가 사랑의 이야기를 이어가게 되었다.

4. 자연의 여자

"짹짹! 잭! 지지~ 지지 배!"

우리가 산에 온 것을 기뻐하듯 이름을 알 수 없는 새들이 가까운 곳에서 빠르게 휘파람 소리를 냈다. 그녀의 분홍색 치마와 햇살같이 하얀 얼굴이 짙은 초록색 숲과 조화를 이루어서 르누아르의 풍경화를 보는 듯했다.

"서준 씨, 내가 이야기 하나 해줄까?"

앞에서 말없이 걷던 그녀가 생각났다는 듯이 말했다. 그녀는 이야기도 잘해주었다. 철부지 시절에 오빠들과 싸웠던 이야기, 또래하고 짓궂게 장난하다 어른들에게 야단맞았던 이야기, 학창 시절의 갖가지 추억 등을 앵무새처럼 몇 시간이고 들려주었다. 그렇게 이야기를 들려주다가 이야깃거리가 얼른 생각나지 않을 것 같으면 혼자 흥얼흥얼 노래를 부르다 다시 이야기해주다가 했다. 그녀가 이야기해 줄 때는 이야기의 내용에도 흥미 있지만, 구연동화를 하듯 손짓 몸짓까지 동원해서 풀어 놓는 적극적인 모습도 재미있었다.

"무슨 얘긴데? 말해 봐."

천천히 걸음을 옮기며 나는 그녀가 이야기하기를 기다렸다.

"며칠 전에 볼일이 있어서 지하철을 타고 수원에 갔다 오는데 안양역에 오니까 교복을 입은 여학생들이 가득 타는 거야."

"그런데?"

"독산역에 오니까 모시로 된 깨끗한 한복에 중절모를 쓴 할아버지가 자리에 앉아 있다가 깜짝 놀라서 벌떡 일어서더니 '어이! 학생! 털 역 아직 멀었어?' 하고 여학생한테 묻는 거야."

그녀가 웃는 얼굴로 나를 돌아보았다.

"털 역이라니? 그게 무슨 말이야?"

나도 궁금하고 우습기도 했다.

"지하철 안에 있는 사람들이 웃고 난리가 났었다! 젊은 사람이 여학생한테 그렇게 말했으면 누군가가 뭐라고 한마디 했을 분위기야. 그런데 할아버지니까 뭐라고 하지는 못하고 모두 히죽히죽 웃기만 하는 거지. 얼굴을 붉히는 여고생도 있었다!"

"털 역이 뭐야? 그런 역이 어디 있어?"

“나도 도무지 이해가 안 되는 거야. 그런데 할아버지가 이번에는 더 큰 소리로 ‘아! 왜들 웃어! 털 역 아직 멀었어!’ 하고 화를 내면서 차창 밖을 두리번거리는 거야. 할아버지의 그런 진지한 모습에 그제야 한 여학생이, 털 역이 어디 있느냐고 그런 역은 없다고 알려드리는 거야. 그러자 할아버지가 혼잣말로 ‘거 무슨 털 역이라고 하던데.’ 하면서 잘 생각해보는 눈치인 거야. 그제야 한 여학생이 알았다는 듯이 ‘아하! 디지털단지 역이요?’ 하고 말했다. 그러자 할아버지가 ‘그래, 디지털인지 돼지털인지 원~.’ 하고 혼자 말하더니 자존심이 상했는지 얼굴이 붉어지면서 자리에 앉는 거야. 그래서 차 안은 웃음바다가 됐었다.”

간지러운 봄바람이 살랑이며 불어와서 그녀의 이마에 흘러내린 머리카락을 가볍게 흩날렸다. 코끝에 날아와 닿는 짙은 나무 냄새는 고향에 있던 화전 밭을 생각나게 했다. 양지바르고 따듯한 화전 밭인데 그곳으로 가는 길은 커다란 나무와 풀이 우거져서 낮에도 음침하고 무서웠다. 하지만 그곳에 가면 고사리나 싸리버섯이나 두릅을 한 자루씩 따올 수 있었고 취나물은 낫으로 벨 정도였다.

“여긴 시원하고 공기도 좋다.”

그녀가 주변의 나무들을 새삼스럽게 둘러보았다.

“나도 오랜만에 지혜 씨하고 산에 오니까 기분이 좋다.”

"좋다는 놈이 산에 가자고 전화도 안 하니?"

"어어? 놈이라니?"

내가 서운한 척 말했다.

"이쁘다고 하는 소리지!"

시원한 바람이 우수수 소리를 내며 불어오더니 파도타기 하듯 나무를 밟으며 지나갔다.

"흙냄새 맡아봐. 좋지?"

"흙냄새, 참으로 좋은 단어다. 지혜 씨 어록에 추가."

나는 숨을 훅훅 들이쉬어 보았다.

"우리 오빠가 옛날에 절에서 공부했었다는 얘기 내가 했었지?"

그녀가 나를 돌아보았다.

"했었어."

"그때 고추장 갖다주려고 절에 갈 때야. 모래흙이 드러난 산등성이에 작은 떡갈나무 가지가 늘어져서 땅에 닿아 있었는데 바람이 부니까 그게 좌우로 왔다 갔다(손으로 왕복운동을 하며) 흔들리면서 모래흙에다 부채꼴로 그림을 그려놓았어. 얼마나 신기한지 몰라. 흔들리는 걸 보려고 바람이 불 때까지 한참 동안 앉아 있었어."

그녀의 말은 언제나 나를 사색에 젖게 한다. 늘어진 나뭇가지가 바람에 흔들리는 걸 보려고 쪼그리고 앉아 있는 그녀의 어린애 같은 동그란 모습도 눈에 선하다.

"서준 씨? 저 나무 이름이 뭔지 알아?"

오솔길 아래쪽에 조금 떨어져서 구부정하게 있는 아담한 나무를 가리킨 그녀가 나를 보며 의미 있는 미소를 지었다. 나는 모르는 나무가 많았는데 그 때문일 것이다.

"글쎄?"

그녀가 가리킨 나무를 보며 나는 생각에 잠겼다. 사과나무 정도 크기의 나무인데 아무리 생각해봐도 알 수가 없었다.

"살구나무야. 개살구나무."

"그런가? 아하!"

내가 어렸을 때 할아버지는 틈만 나면 싸리나무 껍질로 엮은 망태기를 등에 지고 약초를 캐러 다니셨는데 나도 할아버지를 따라서 산에 구경을 갔던 적이 많았다. 어느 날, 나는 산비탈에 서 있는 작은 나무에 달린 열매를 발견했었다. 유난히 눈에 띄는 진한 오렌지색의 탁구공만 한 열매였다. 색깔이 하도 곱고 먹음직스러워서 나는 할아버지에게 저게 무슨 열매냐고, 따 먹고 싶다고 말했었다. 그때 할아버지는 그게 개살구라는 말씀을 해주셨고, 그래서 나는 개살구를 보았었다. 하지만 개살구를 보면 알 수 있겠으나 나무를 보고서는 그게 살구나무인지 무슨 나무인지 자신이 없다.

"빛 좋은 개살구라고 하잖아. 무슨 뜻인지 알아?"

그녀가 나를 다시 돌아보았다.

"실속이 없다는 뜻인가?"

그 말에도 나는 자신이 없다.

"그래, 맛있게 생겼지만, 막상 먹어보면 시고 떫어서 뱉어야지 못 먹어."

'뱉어야지.'라는 그녀의 생생한 표현도 나의 상상력을 자극했다. 남들 같으면 '시고 떫어서 못 먹어.' 정도로만 끝냈을 터인데 그녀는 '뱉어야지!'라는 말까지 한다.

"저건 멍석딸기 나무야. 저 나무는 알겠지?"

돌무더기 옆에 있는 키 작은 덩굴나무를 그녀가 가리킨다.

"저 나무는 나도 알아. 저 나무 열매를 복분자라고 하잖아."

"복분자딸기하고 멍석딸기는 달라. 복분자딸기는 익으면 검고 멍석딸기는 익으면 빨개. 가시오가피나무와 그냥 오가피나무도 따로 있잖아."

나는 쑥스럽게 미소를 지으며 그 나무들을 머릿속에 그려보았다.

*

시원한 바람이 맴을 돌 듯 불어와서 얼굴을 감았다. 나무들이 제멋대로 굽으며 만들어 낸 여러 형태가 동물들의 역동적인 모습을 상상하게 했다.

"이쪽으로 가자."

갈라지는 작은 오솔길에서 그녀는 산등성이 쪽으로 방향을 바꾸었다. 어디선가 메아리로 들려오는 꾀꼬리의 한가한 울음소리가 진달래꽃으로 붉게 물든 고향의 먼 산을 생각나게 했다.

"분꽃이 피면 시골 아낙네들은 저녁 하러 간다."

무슨 뜻인가 하고 나는 가만히 생각해보았다.

"분꽃은 저녁에 피잖아."

"아하-."

나는 고개를 끄덕였다.

"이건 측백나무, 저건 등나무."

그녀는 이제 걸음을 멈추기도 하며 가까이에 있는 나무들을 하나하나 가리켰다.

"저 나무를 등나무라고 하는구나."

"갈등의 뜻 알지? 칡은 왼쪽으로 돌아가고, 등나무는 오른쪽으로 돌아가고."

"그런가?"

그런 것도 모르냐고 할 것 같아서 나는 멋쩍게 미소 지으며 그녀의 눈치를 살폈다. 칡과 등나무가 서로 반대 방향으로 꼬인다는 정도는 알고 있었으나 어느 나무가 어느 방향으로 꼬이는지 그것까지는 모르고 있었다. 아니나 다를까?

"바보, 그런 거까지도 모르니?"

그녀가 놀리기 시작했다.

"바보라고? 이리 와."

나는 그녀의 엉덩이를 손바닥으로 툭 쳤다.

"그런데, 지혜 씨는 그런 걸 어떻게 다 알았어? 놀라울 정도야."

도심에서 자라고 사춘기 아이들처럼 장난기만 가득한 그녀가 약초나 들풀이나 나무에 대해서 척척박사라니 대단하다고 하지 않을 수가 없다. 더욱이 놀라운 것은 그녀는 단순히 아는 정도가 아니다. 잎이 몇 개라든가 솜털이 있다든가 잎이나 줄기에 가시가 있다든가 열매는 어떻게 생겼으며 약제로 쓰는지 아닌지도 전문가처럼 잘 알고 나에게 설명해주고는 했다.

나는 얼마 전까지만 해도 소나무와 잣나무와 리기다소나무 구별하는 방법을 모르고 있었다. 그녀가 알려주어서 비로소 소나무의 바늘잎은 두 개로 갈라지고, 잣나무 잎은 다섯 개로, 리기다소나무 잎은 세 개로 갈라진다는 사실을 알았다.

"어른들한테 물어보기도 하고 책을 보면서 배우기도 했어."

그녀는 아무렇지도 않게 말했다.

"결혼해서 주부가 된 후에도 자연 생태를 알기 위해서 공부한다는 그 자체가 놀라운 거야."

그녀하고 산에 자주 다니면서 야생초에 대해서 배우고 채집도 해야 하겠다는 생각이 든다.

"예쁘고 신기하잖아. 그래서 알아본 거지."

그녀는 오솔길 옆에서 길게 자라고 있는 연두색 약쑥을 손으로 쓰다듬듯 스쳐보며 걸어갔다.

"숲속에 있는 모든 게 지혜 씨를 고맙게 생각할 거야. 꽃이나 나무, 새 모든 게."

"왜?"

"그런 것들의 고마움도 알고 예술적으로 표현해주기 때문이지."

"예쁘게 봐줘서 고마워요~."

그녀가 갑자기 공손한 소리로 말했다.

"지혜 씨는 자연의 여자야. 자연을 좋아하기도 하지만 지혜 씨의 예쁜 모습까지도 자연에 너무나 잘 어울려. 이런 숲속에서 보면 지혜 씨는 동화 속에 나오는 숲속의 공주야."

오솔길이 좁아져서 철쭉꽃 나뭇가지와 들풀이 발등에 차인다. 샌들에다 치마를 입고 있는 그녀가 걱정되었다.

"나, 지혜 씨 업어주고 싶다~."

그녀가 자주 하는 말투처럼 나도 말끝에 다 자를 붙이며 리듬을 주었다.

"업을 수 있을 거 같아?"

"지혜 씨 정도는 두 명도 업을 수 있지. 이리 와 봐."

나는 그녀 쪽으로 등을 돌리며 낮은 쪽으로 앉았다. 이런 숲속에서 그녀를 업고 걸으면 멋진 추억이 될 것도 같았다. 그녀는 등에 엎드리며 나의 어깨 위로 팔을 걸쳤다. 내가 그녀의 품에 안긴 듯이 포근했다. 내가 일어서자 그녀는 얼굴을 내 볼에 대고 바짝 안았다. 등에 밀착되는 그녀의 뭉클한 가슴이 나를 애무했다. 내 아내같이 사랑스러우면서 정말 내 아내였으면 했다.

"힘들잖아."

"아니."

그녀는 체중이 없는 듯이 가벼웠다.

"서준 씨, 아씨라는 노래 알아?"

"아씨라는 노래? 언제 들어본 거 같기는 한데… 지혜 씨는 알아?"

"알지. 해볼까?"

등에 업힌 그녀는 노래를 부르기 시작했다.

"옛날에 이 길은 말 탄 임 따라서 시집가던 길

여기든가 저기든가 복사꽃 곱게 피어있던 길….”

“이렇게 하는 거지? 나도 잘 몰라.”

그녀가 노래를 부르다 말고 말했다.

“맞는 거 같아. 그런데 그 노래를 지혜 씨는 어떻게 알았지? 옛날 노래잖아.”

“김치 만드는 방법은 옛날 거 아닌가?”

그녀의 말이 나를 다시 미소 짓게 했다.

“아무튼, 지혜 씨는 말로는 당할 수가 없다니까.”

“그러면 무엇으로는 당할 수가 있는데?”

그녀의 말이 무엇을 지칭하는지 알 수 있었던 나는 얼굴이 화끈했다. 나는 받치고 있는 손으로 그녀의 엉덩이를 긁으면서 간질였다.

“그러지 마. 간지러워.”

나는 이번에는 손바닥으로 그녀의 엉덩이를 복스럽게 도닥였다.

“신랑하고 둘이 이렇게 로맨틱하게 살면 얼마나 좋아! 청춘은 가면 끝인데 젊었을 때는 이렇게도 살아봐야지.”

그녀가 불만스럽게 말했다.

“나하고 사는 것을 후회하지 않게 보살펴줘야지. 예식이라는 절

차를 밟아서 '나는 당신의 여자'라고 만천하에 공표했는데."

"그러니까 더 스트레스가 쌓이는 거야. 나는 아직도 산 너머 남촌을 그리워해. 그런데 그놈은 늙었나 봐. 도통 낭만도 멋도 없어. 내가 어쩌다가 그런 화상을 만났는지 몰라. 팔자도 사납지."

젊은 여자가 팔자라는 말을 쓰다니 우스웠다.

"이제 내려놔. 힘들잖아."

그녀가 내리려고 다리를 뻗기에 나는 등을 돌리고 앉아서 내려주었다. 그러자 그녀는 내 어깨를 밀어서 쓰러뜨려 놓고는 '길거리표 바보!'하고 소리 지르며 후다닥 도망갔다. 길거리표라는 말은 그녀의 친구들이 달아준 나의 별명이다. 나를 만나고 있다는 사실을 그녀는 친구들에게 자랑했다고 말했었다. 그때 그녀의 친구들이 나를 어디서 찾았느냐고 묻기에 길에서 우연히 만났다고 말해주었더니 내 별명을 길거리표라고 지어주더라는 것이다.

"조심해!"

나는 그녀를 쫓아서 뛰어갔다. 하지만 그녀는 내 말은 들은 척도 없이 원시림 속의 야생녀처럼 나무 사이를 거침없이 뛰어갔다. 치마를 입었는데도 겁이 없어 보였다. 산을 옆으로 돌아가는 길이어서 그리 힘들지는 않았고 그녀가 신고 있는 샌들도 편하게 보이기는 했다. 하지만 그루터기에 걸릴 수도 있고 쐐기에 쏘일 수도 있고 미끄러질 수도 있었다.

"뛰지 마! 다쳐!"

다시 소리 지르며 나는 허들넘기 하듯 뛰어서 그녀를 쫓아갔다. 그녀는 신들린 사람 같았다. 거친 오솔길을 여자가 어떻게 저토록 빨리 달릴 수 있을까 할 정도였다. 그녀는 산등성이 위로 훌쩍 올라서더니 나를 돌아보며 소리쳤다.

"빨리 와! 빨리! 여기 아주 좋다!"

그녀의 분홍색 치마가 산등성이 너머로 훌렁 사라졌다. 나는 헉헉거리며 그녀에게로 다가갔다.

"산에서 그렇게 뛰면 어떡해!"

그녀는 가만히 서서 산 너머 아래를 내려다보고 있었다. 파란 잔디가 융단처럼 펼쳐져 있는 그곳에는 산소 두 기(基)가 있었는데 그 둘레로는 다복솔처럼 잘 가꾸어진 소나무가 여러 그루 있었다.

"저기 골짜기로 가자."

그녀가 가리킨 골짜기에는 나지막한 바위가 평상처럼 군데군데 있었다. 그 바위를 지나서는 돌무더기가 보이는 도랑인데 물이 있을 것도 같았다. 우리는 도랑 쪽으로 방향을 잡아서 산비탈을 내려갔다. 오솔길은 사람이 다녔던 흔적은 있었으나 표시가 없을 정도로 희미했고 이따금 거미줄이 얼굴에 걸리기도 했다.

*

“언젠가 절에 갈 땐 데 산등성이에 올라서서 보니까 저만치 아래에 기와지붕인 작은 암자가 내려다보였어. 쥐 죽은 듯이 고요했는데 황토색 절 마당이 머리카락 하나라도 보일 정도로 깨끗이 쓸려 있는 거야. 싸리비 자국만 이렇게, 이렇게(빗자루질하듯이 손바닥을 펴서 휘- 휘- 휘두르며) 나 있고 말이야. ‘어느 스님이 저렇게 깨끗이 쓸어놨을까?’ 법복을 입고 마당을 쓰는 스님 모습이 눈에 선하더라.”

그녀의 말에는 시적인 자연풍경이 선명하게 담겨 있었다.

그늘이 가득한 골짜기에서는 싸- 하며 안개가 흐르는 것 같은 숲의 숨소리가 끊임없이 들려왔다. 버드나무에 매달려있는 작은 버들잎은 삐악거리는 병아리의 부리처럼 쪼개져서 바람에 흔들리고 있었다. 골짜기에 물이 있을 것도 같았는데, 가서 보니 습기 가득한 모래일 뿐 물은 없었다.

“이런 데 돌을 들추거나 구멍을 파보면 가재도 많이 있었는데.”

내가 어렸을 적에 살던 마을 산골짜기에는 물이 조금만 있어도 가재가 있었는데 어떤 가재는 수수 알같이 작은 갈색 알을 수십 개씩 배에다 품고 헤엄쳐 다녔었다. 나는 돌멩이 몇 개를 들추어 보았다. 호기심이 생기는지 그녀도 내 옆에 와서 코흘리개 어린아이처럼 쪼그리고 앉았다.

"우린 꼭 두 마리의 산토끼 같다."

그녀와 나는 마주 보며 웃었다. 그 골짜기에서는 더는 우리의 감미로운 기분을 달구어줄 건수가 없을 것 같았다.

"저기 바위로 가서 쉬자."

나는 그녀의 손을 잡고 바위가 있는 곳으로 갔다. 우리의 등장으로 노래를 중단했던 매미들이 눈치를 보듯 하나둘씩 다시 울기 시작했다. 우리가 간 바위는 보기보다 넓고 평평했다. 우리는 바위 위에 올라가서 나란히 앉았다.

"우리 둘만의 세계야."

찔레나무와 철쭉나무가 울타리처럼 가려주어서 우리가 앉아 있는 바위는 비밀의 아지트처럼 외부와는 격리되고 아늑했다.

"지혜 씨!"

음흉한 욕심을 품은 내가 미소 지으며 그녀의 눈을 바라보았다. 그녀는 내 속마음을 꿰뚫어 보고 있다는 듯한 눈웃음으로 나에게서 시선을 떼지 않았다. 지금까지 누구에게서도 받아본 적이 없는 오묘하고 사랑스러운 눈. 그녀의 비밀스러운 부위를 생각나게 하는 체리 색 입술도 어느새 젖어 있었다.

나는 왼쪽 손으로 그녀의 머리를 감싸 안으며 입술을 가져갔다. 그녀와의 키스는 언제나 소름 돋는 감미로움이 있었다. 그녀의 머리카락이 파르르 떨며 내 볼과 속눈썹을 간지럽게 했다. 어디선가 잡초 속에서 '쪼록! 쪼록!' 하고 풀벌레 우는 소리가 간헐적으로 들려왔다.

나는 그녀의 가슴을 밀어 올리듯 가볍게 움켜쥐었다. 브래지어가 홑겹으로 된 듯 얇아서 터질 준비가 되어 있는 그녀의 가슴이 맨살처럼 만져졌다.

"나 아랫배 아프다."

그녀가 은어로 사용하던 말을 흉내 내면서 나는 그녀의 윗도리와 브래지어를 아예 들어 올렸다. 뽀얗고 탄력 있는 가슴이 불쑥 솟아올라 하늘 아래 드러났다. 나는 그녀의 가슴으로 입을 가져갔다. 그녀는 무방비 상태로 나를 허락하고 있었다.

"서준 씨 집으로 가자."

그녀가 속삭였다. 하지만 그녀도 나의 애무를 느껴보듯 머리를 잡은 채 놓아주지 않고 있었다. 나의 손은 마르지 않는 샘가처럼 따듯하게 젖어 있는 그녀의 사랑을 만지고 있었다. 머릿속은 외부로 통하는 인식의 창문이 모두 덜컹덜컹 닫히며 그녀 그곳의 미끈거리는 느낌으로만 가득 채워졌다.

"그만. 집으로 가자."

그녀의 목소리가 귓가에서 숨소리처럼 들려왔다.

"여기서?"

잊을 수 없는 추억이 될 것도 같았다.

"까치가 흉봐!"

그녀가 난폭하게 내 손목을 잡았다. 불길처럼 솟구쳐오르던 나의 욕망이 정상까지 올라갔다가 떨어지는 롤러코스터처럼 내려앉았다. 흥분으로 들뜬 마음을 가라앉히기 위해서 나는 그녀의 어깨를 힘주어 안고 잠시 있다가 자리에서 일어섰다.

"하여간, 그놈 정신 나간 놈이야."

앞에서 조심조심 비탈길을 내려가던 그녀가 한심하다는 듯이 말했다. 또, 뭘 가지고 그러나 해서 나는 귀를 기울였다.

"며칠 전에 형부 생일이라서 언니네 집에 갔었거든. 그래서 갈비랑 잡채랑 잘 먹고 집에 왔다. 그런데 집에 와서 하는 말이, 언니는 엉덩이가 굼뜨다나 어쩐다나 그러잖아! 성질나서 혼났어. 그게 처가 식구한테 할 소리야?"

"처가 식구한테 왜 그런 말을 할까."

"신랑이 친정 식구를 흉보는 거만큼 자존심 상하는 일은 없어. 그런데 그놈은 입만 뻥끗했다 하면 친정 식구를 흉보는 거야. 그날 밤에도 속상해서 한잠을 못 잤어."

"처가 사람들은 귀하게 키운 딸을 나에게 준 분들인데 고맙게 생각해야지."

"그래야 하는데 그놈은 처가 식구를 개밥에 도토리 취급하는 거야! 나한테 억하심정이 있는지."

짝을 부르는 듯한 꿩의 공허한 울음소리가 먼 산에서 메아리를 만든다.

"여기는 도토리나무도 많다. 저 나무 도토리나무다. 맞지?"

그녀는 산비탈에 쓰러지듯 비스듬히 서 있는 큰 나무를 가리켰다.

"맞아, 이 산은 온통 도토리나무하고 밤나무 천지야."

산을 뒤덮고 있는 나무들을 나도 한 눈으로 훑어보았다.

"방금 떨어진 도토리는 반짝반짝하다!"

그녀의 말이 나를 다시 사색에 잠기게 한다. 어렸을 때 나도 남보다 더 많이 도토리나 알밤을 주우러 이슬이 발에 차이는 이른 새벽에 산에 자주 다녔었다. 그런데 그때 나는 도토리가 있는지 없는지, 또는 큰지 작은지에만 관심이 있었지 방금 떨어져서 반짝반짝한 데까지는 관심 두지 못했었다. 그런데 그녀는 어떻게 도토리를 주우며 방금 떨어져서 반짝반짝하다는 것까지 생각하고 있었을까.

"지난해 가을에는 도토리를 한 말이나 주웠다."

"한 말이나 주워? 그래서 그걸 다 뭐 했어."

"뭐하다니? 도토리묵 만들지."

"지혜 씨 묵도 만들 줄 알아?"

"그럼, 묵은 매년 해 먹어."

하긴, 그녀는 후닥닥거리며 요리도 잘 만들었다. 우리 집에 와서도 주방에서 잠깐만 달그락거리면 피자나 아귀찜을 만들어 내오는 능력이 있었다. 그녀는 음식 만드는 일이 재미있다고 했었다.

"수정이 만들어 주면 그 애도 얼마나 잘 먹는지 몰라."

수정이는 그녀의 7살 난 딸이다.

"수정이가 묵을 잘 먹어? 그 쪼끄만 게."

흐늘거리며 미끄러지는 묵을 집어서 입에 넣는 그 아이의 작은 손이 눈앞에 그려진다.

"고년은 생각하면 생각할수록 예뻐."

무슨 생각을 해서인지 그녀의 입가가 살그머니 미소를 띤다.

"내가 생각해도 귀엽다."

"그 애 별명이 뭔지 알아? 맛보기야! 맛보기."

"맛보기? 왜?"

7살 난 아이의 별명치고는 어울리지 않는다.

"김치를 담그는데 옆에 와서 쪼그리고 앉더니 '음- 김치 냄새.' 그러는 거야. 그래서 '간이 맞나 맛 좀 봐라.' 하면서 작은 무 한 쪼가리를 입에 넣어줬더니 먹어보고는 '좀 싱거워.' 그러잖아. 그래서 그 애 별명을 맛보기라고 지었어."

그녀가 까르르 웃고는 다시 말한다.

"한 번은 된장찌개를 끓이다 장난삼아서 '맛보기 씨? 이거 맛 좀 봐주세요!' 하고는 숟가락으로 입에다 조금 떠넣어 줬더니 먹어보고는 '음~ 매콤한 게 맛있다.' 그러잖아. 얼마나 웃었는지 몰라."

그녀가 깔깔거렸다.

"어린 애가 정말 맛을 보는 걸까?"

생각만으로도 그 아이의 말투가 기막히고 어른스러웠다.

"그럼, 어쩜 그런지 몰라. 쪼그만 게."

"지혜 씨 닮아서겠지. 지혜 씨도 어렸을 때 꼭 그랬을 거 같아. 토속음식 좋아하고, 어른같이 말도 잘하고, 맞지?"

그녀는 자신의 어렸을 때를 생각해 보듯 말없이 있었다.

"묵 만들기 어렵지? 옛날에 우리 어머니도 가끔 묵을 만들어주셨는데 그때 보니까 간단치가 않던데."

"그럼, 정성이 많이 가. 맷돌을 굴려서 일일이 껍질을 까야지, 빻아서 가루를 내고 물에 담가서 떫은맛 우려내야지, 불에 올려놓고 한참 동안 살살 저어 줘야지, 힘들어."

"지혜 씨는 정말 놀라워."

나무랄 데 없는 팔방미인이어서 남자들에게 인기가 많을 것인데도 남자 호리러 다니지는 않고 도토리를 주우러 산에 다니고 묵을 만들 생각이나 하고 그러니, 그녀는 마음까지도 알뜰한 여자다. 하긴, 그녀는 시골에 가서 직접 콩을 사다가 메주를 쒀서 된장 고추장 만들고 콩나물도 집에서 키워서 먹는다고 했다. 신랑이 방부제 든 음식 먹지 않게 해주려고 그런다는 것이다. 그녀의 기지나 지혜로움은 놀라운 것이 한두 가지 아니다.

언젠가 그녀와 같이 승용차를 타고 교외로 놀러 갈 때의 일이다. 어느 아파트 경비실 앞을 지나가는데 그녀가 갑자기 차를 세우라고 하더니 차창 유리를 내리며 '아저씨 그거 가져가면 안 돼요!' 하고 밖을 향해서 큰 소리로 말했다. 밖에는 재활용품을 모아두는 곳이 있었는데 그곳에서 폐품을 수거해가는 아저씨가 전자레인지를 집어 들다가 그녀의 말을 듣고는 멈칫했다.

그녀는 얼른 차에서 내렸다. 그리고는 종종걸음으로 전자레인지가 있는 곳으로 가더니 전자레인지의 상태를 확인하려는 듯 들여다보고는 '이거 빨리 차에 실어!' 하고 나에게 말했다. 전자레인지를 집어 들었던 아저씨는 마치 죄라도 지은 것처럼 멋쩍은 표정이 되어서 손수레가 있는 쪽으로 갔다.

부족한 것 없이 풍족하게 사는 그녀다. 그런데 남이 쓰다가 내놓은 전자레인지를 재활용하기 위해서 챙기다니 의외였다. 그녀에게 전자레인지가 없다면 내가 새것으로 사 줄 용의도 있었다.

그런데 알고 보니 그녀는 내 집에 놓아주려고 그랬던 것이다. 폐품 가져가는 아저씨가 전자레인지를 집어 드는 것을 본 순간 그녀는 내 집에는 전자레인지가 없다는 것을 생각한 것이다. 그리고 사용 가능 여부까지 확인한 후 내가 가져오도록 재치 있게 챙겨 준 것이다. 몇 초의 짧은 순간에 일어난 일이다.

이런 일도 있었다. 언젠가 나는 그녀와 같이 Y 출판사에 갔었다. 그 출판사의 외부에는 주차단속이 심해서 도로에는 주차할 수가 없고 오직 그 건물 지하에 있는 주차장만을 이용해야 했다. 그런데 지하 주차장 안에 들어가 보니 그곳도 만차여서 주차할 자리가 없었다. 어떻게 해야 할지 무척 난감했다.

출판사 사장과 약속해 놓은 시간은 벌써 다 되었고 주차할 자리는 없고, 할 수 없이 나는 잠깐 다녀올 생각으로 주차장 통로인 남의 차 앞에다 차를 세워놓았다. 그리고는 그녀와 같이 엘리베이터가 있는 곳으로 뛰었다. 승용차를 뺄 사람이 오기 전에 얼른 일을 보고 와야 하니까 여간 불안한 게 아니었다. 엘리베이터를 기다리는 시간도 초조하고 그렇게 길게 느껴질 수가 없었다.

한참을 기다리자 엘리베이터가 내려앉으며 문이 열리고 한 사람이 내렸다. 나는 급한 마음에 얼른 엘리베이터 안으로 들어갔다. 그런데 그때 그녀가 '차 나간다!' 하고 나를 불러세웠다. 주차장 안에는 여전히 개미 새끼 한 마리도 없었다. 그때 나는 '아!

아!' 했다. 엘리베이터에서 방금 내린 사람, 주차장인 그곳에 뭐 하러 오겠는가? 그녀의 빠른 판단에 방금 엘리베이터에서 내린 사람도 놀라운 듯이 그녀를 바라보고는 승용차가 있는 곳으로 갔다.

그녀만 아니었으면 나는 그냥 엘리베이터를 타고 올라갔을 것이다. 그러면 방금 엘리베이터에서 내린 그 남자는 차를 뺄 수가 없어서 나를 호출할 것이고, 나는 볼일도 보지 못하고 되돌아와야 했을 것이다. 뿐만이 아니다. 승용차를 빼지 못하고 서 있는 사람의 핀잔도 감수해야 했을 것이다.

"묵 만드는 거 재미있어. 보글보글 끓는 게 얼마나 신기한데."

손바닥을 위로 편 그녀는 끓고 있는 용암처럼 열 손가락 모두를 보글보글 움직였다.

"지혜 씨는 생각하는 거나 솜씨 모두 입이 닳도록 칭찬해도 모자랄 여자야."

"말이라도 그렇게 해주면 얼마나 좋아. 그런데 그놈은 아무리 잘해줘도 아내의 정성을 몰라. 묵을 만들면서 좀 도와달라고 했더니 뭐라고 하는지 알아?"

"뭐라고 하는데."

"'누가 그런 걸 하랬어!' 총소리라도 난 것처럼 팔짝 뛰는 거야."

그녀의 말에 나는 다시 미소를 지었다.

"도토리 가루를 솥에 올려놓고 불을 지피면서 살살 저어 줘야 하잖아. 젓지 않으면 밑이 눌어붙거든. 그런데 도토리 가루가 익기 시작하면 걸쭉해져서 얼마나 팔이 아픈지 몰라. 그래서 '아이쿠 팔이야! 이것 좀 저어 줘!' 그랬더니 그 난리인 거야! 말로라도, 수고가 많군. 그러면 얼마나 좋아! 힘이 나잖아! 그런데 그놈은 그렇게 말하면 어디가 덧나는 놈이야."

말을 마치고도 그녀는 자신이 한 말을 생각해보듯 있더니.

"먹지나 않으면 몰라. 한 그릇을 뚝딱 비우더니 '한 그릇 더 있어?' 그러는 거야. 염치도 좋아."

혼잣말로 투덜거렸다.

"올가을에는 내가 도토리 많이 주워 줄게."

오피스텔 뒷산이 도토리나무밭이니 마음만 먹으면 나는 도토리를 얼마든지 주울 수 있었다.

"알았어. 그러면 내가 묵 만들어서, 서준 씨도 갖다줄게."

나를 돌아보며 배시시 벌어지는 그녀의 얇은 입술은 와락 끌어안고 키스를 퍼붓고 싶을 정도로 성욕을 자극한다.

"바람도 쐴 겸 둘이 이런 데 와서 도토리도 줍고 그러면 얼마나 좋아. 다른 여자들은 신랑이 너무 그러자고 해서 피곤하다는데."

*

오피스텔 가까이 오자 귀에 익은 까치 소리가 대문 옆 감나무 위에서부터 정겹게 들려온다. 까치도 자신의 영역이 있다는 것을 나는 얼마 전에 알았다. 산에서 나를 따라다니며 동무해주던 까치는 내가 산에서 내려와 마을로 들어오면 그 까치는 더는 따라오거나 울지 않는다. 교대하듯 마을에 있던 까치들이 내 머리 위를 맴돌며 깍깍거렸다.

“어머! 여기도 봉선화가 많이 있네. 누가 저렇게 정성스럽게 심어놨을까?”

오피스텔 옆에서 뒷산 쪽으로는 파종이 막 끝난 듯 보드라운 흙이 덮여 있는 긴 밭이 있었는데 그 둘레로는 봉선화가 줄지어 자라고 있었다. 텃밭 주인이나 봉선화를 심은 사람이 누구인지 그것은 나도 알지 못한다.

“우리 집 베란다에도 봉선화가 피려고 한창 커가고 있더라. 그거 모두 피면 얼마나 눈부신지 몰라.”

“지혜 씨 집에도 봉선화 심었어?”

“그럼, 봉선화는 해마다 엄청 많이 심어.”

“아, 지혜 씨는 손톱에 봉선화로 물들인다고 그랬지?”

“그래, 난 매니큐어는 안 써. 수정이 손톱에도 봉선화로 물들여주고 그래. 그러면 그 애도 얼마나 좋아하는지 몰라."

"그래?"

"해마다 여름이면 수정이하고 둘이 문지방 앞에 앉아서 손톱에 물들이고 발톱에도 물들이고 그래. 그 애 새끼발톱이라고는 눈곱만한데 거기에 분홍색으로 물들인 거 생각해봐. 얼마나 예쁜데, 보석 같아."

"그래, 눈앞에 선하다."

"한 번은 손톱에 봉선화 물을 들여 주면서 '봉선화로 물들인 손톱이 첫눈 올 때까지 남아있으면 첫사랑이 이루어진단다.' 하고 말했더니, '엄마, 왜 첫사랑이 이루어져요?' 하면서 말똥말똥 쳐다보는 거야."

그녀는 어린아이의 목소리를 흉내 내서 말하고는 재미있다는 듯이 웃었다.

오피스텔 안으로 들어가자 그녀는 처음 와보는 사람처럼 거실과 주방을 둘러본다. 나는 두 팔로 그녀의 허리를 감싸 안으며 배지기 하듯 번쩍 안아 올렸다. 봉분처럼 솟아있는 그녀의 가슴이 내 얼굴을 덮었다.

"아, 배 터져. 배 터져."

그녀의 입이 간지럼으로 벌어졌다. 나는 그녀를 안고 빙빙 돌다가 내려놓고 입술을 마주 대면서 손바닥으로는 몸을 쓰다듬었다. 산에서부터 뜨겁게 달아오른 데다가 마음 놓고 사랑을 나눌 수 있는 우리 둘만의 공간이라는 밀폐감이 나에게 체면이나 격식을 벗어던지고 야성적인 본성을 드러내게 했다.

"침대로 가자."

그녀도 마음이 급해졌는지 내 몸을 밀치고는 스웨터를 벗어 버리고 브래지어의 호크도 풀면서 침대로 갔다. 그리고는 침대 위에 눕더니 자전거를 타듯 두 다리를 움직여서 팬티까지 벗어버린 채 마음대로 하라는 듯이 나를 올려다보고 있었다. 그녀의 입이, 모든 것이 나를 향해서 열려있었다. 사랑을 드러낸 채 무방비 상태로 나를 기다리듯 있었다. 온몸의 말초신경이 발기하듯 예민해진 나는 서둘러서 사랑 행위에 들어갔다. 참을 수가 없었다. 누가 초인종을 눌러도, 문을 열고 들어와도 멈추지 않을 것이었다.

그녀는 오르가슴을 느끼는 것도 강렬했다. 온몸이 마비된 것처럼 빳빳하게 굳고 가늘게 뜬 눈은 몇 초간 초점이 없어지다가 스르르 감긴다.

"풍선이 점점 커지고 커지다가 탁! 하고 터진다."

그녀가 절정의 순간을 그렇게 말했다. '아, 그렇구나.' 나는 그녀의 말을 가만히 생각해 보았다.

"남자도 그래?"

그녀의 눈은 블랙홀 같이 흡인력이 있어서 그 끝이 보이지 않았다.

"남자의 쾌감은… 뭐랄까? 그것보다 더 강렬해."

그 이상은 달리 표현할 수가 없었다.

"나, 씻고 올래."

그녀는 내 볼에 입을 맞추고 침대에서 내려가 세면장으로 갔다. 그녀의 우윳빛 엉덩이와 가슴, 긴 머리카락, 성스럽게도 보이는 알몸 전체가 빛을 내며 율동했다. 저렇게 도도하고 아름다운 몸을 내가 마음껏 만지고 사랑을 쏟아붓고 했다니 한껏 자랑스러웠다. 그리고 그 몸을 나에게 주고 나를 받아들인 그녀가 고마웠다.

*

"참! 며칠 있다가 나 동창들하고 놀러 간다~. 서준 씨도 한동안 만나지 못할 거야!"

세면장에서 나온 그녀가 자랑하듯 말하면서 다시 내 곁에 와서 누웠다.

"그래?"

"다음 주 수요일부터 삼박사일 가는데 갔다 와서는 또 주말이 돌아오잖아. 한 열흘 이상 만나지 못할 거야! 서준 씨 그동안 나

보고 싶어서 어쩔래?"

장난기 섞인 그녀의 말이었다.

"나도 따라갔으면 좋겠다."

내가 부러운 듯 말했다.

"내가 자주 전화할게."

"아니야. 내 걱정은 하지 말고 잘 놀다 와."

나는 그동안 그녀를 마음 아프게 했던 일들을 새로운 환경에 가서 깨끗이 지워버리고 왔으면 했다. 새로운 에너지를 충전하기 위해서라도 일탈은 필요하다.

"동창들이랑 놀러 간다고 그러면서 '용돈 좀 안 줘?' 하고 떠봤더니 '돈 없으면 안 가면 되지!' 하고 톡 쏘는 거야! 신랑이란 놈이 그렇게 정나미 떨어지게 한다니까!"

내가 생각해도 재미없는 신랑 같았다. 그녀가 다시 말했다.

"내가 돈이 없어서 용돈 달라고 그랬으면 눈물 날 뻔했어. 그래도 난 그놈 선물을 사다 줄 생각까지 하고 있었는데 그놈은 여자의 그런 깊은 마음을 모르는 거야."

"잘 갔다 오라고 하면서 신랑이 용돈까지 주면 친구들한테 자랑도 될 텐데."

"누가 아니래! 그러면 나도 체면이 서고 저도 주가가 올라가잖아."

그녀는 새삼 화가 나는 듯 목소리의 톤이 높아졌다.

"지혜 씨 용돈은 내가 줄게."

응석받이 아기를 안아줄 때처럼 나는 그녀를 힘주어 안았다.

"안 줘도 되지만 주면 받을게. 왠지 알아? 친구한테 자랑하려고."

나를 보며 웃는 그녀의 눈에 사랑스러움이 가득 들어있었다.

"애인은 신랑보다 더 많은 사랑을 줘야 해. 그래야 신랑하고 균형이 맞는 거야."

나는 그녀의 등을 쓰다듬어주었다.

"며칠 전에도 속상해서 혼났어."

"며칠 전에는 왜?"

"시장에서 배추 여섯 포기를 사 들고 오는데 팔이 너무 아프더라고. 그래서 마중 나와달라고 전화했지. 버스에 실을 수가 없잖아. 그런데 가도 가도 깜깜무소식이야! 무거워서 짜증이 나더라고! 그런데 집 앞에 다 오니까 그제야 꾸물꾸물 아파트 앞에 나오잖아. 그래서 '얼른 좀 나오지!'하고 말했더니 뭐라고 구시렁구시렁하는 거야? 그래서 '나 혼자 먹을 거 가지고 거들어달랬으면 벼락 떨어졌겠네.' 하고 소리를 질렀더니 나오려고 하는데 갑자기 똥이 마렵다나? 그렇게 그놈은 생리현상까지도 나하고는 안 맞아!"

"신랑도 마음속으로는 지혜 씨에게 감사하고 있을 거야. 그러면서도 날아갈까 봐 겉으로는 무뚝뚝하게 그러는 거야. 그게 남자의 사랑이야. 매력이기도 하잖아."

"서준 씨는 말도 잘해. 우리 신랑은 서준 씨를 고맙게 생각해야 해."

그녀가 다소 엉뚱한 말을 했다. 아내의 애인을 신랑이 고맙게 생각해야 한다니 그렇게 발칙하고 도발적인 말이 또 어디 있겠는가.

"왜?"

"생각해 봐! 서준 씨는 내가 이혼한다고 하면 하지 말라고 그러잖아. 만날 신랑을 편들어서 두둔해주고, 집을 나오면 신랑한테로 돌아가라고 말하잖아. 그렇게 멋있는 신사가 어디 있어?"

신사라는 복고풍의 표현이 또 재미있었다.

"그래도, 우리는 섹스도 하잖아."

"아니야! 우리의 섹스는 옵션일 뿐이야! 서준 씨의 목적은 나하고 신랑하고 싸우지 말고 잘 살도록 도와주는 데 있잖아. 나는 서준 씨의 조언이 필요하기도 하고."

옵션이라는 그녀의 말에 다시 웃음이 터졌다. 웃지도 않고 그녀가 다시 말했다.

"달콤한 말로 아줌마들을 유혹해서 이용하려고 하는 남자들이 얼마나 많은데… 여자의 가정이 잘못되기를 은근히 바라는 사람도 있고, 이혼하라고 부추기는 사람도 많아."

"별사람이 다 있겠지."

"여자를 보살펴줄 능력도 없으면서 그러는 거야. 그런데 서준 씨는 그러지 않잖아. 우리 가정을 걱정해주고 내가 신랑과 잘 지내기를 바라고, 그러니 우리 신랑은 서준 씨를 고맙게 생각해야지."

신랑한테 얼마나 실망했으면, 그리고 얼마나 애가 타면 이런 재난과 같은 논리를 당당하게 펼까.

"서준 씨만 아니었으면 나는 아편쟁이처럼 타락했는지도 몰라. 어떤 놈팡이 녀석을 만났을지 모르니까 말이야. 그건 신랑한테도 복이잖아. 안 그래?"

그녀가 두 팔을 토끼처럼 턱밑에 모아 잡고 내 가슴으로 바짝 파고들었다.

"어쩌면…."

지혜 씨의 달변이 너무 기막히고, 그러면서도 마음에 쏙 들어오는 말들이어서 나는 할 말을 잃었다. 팔에 더욱 힘을 주어서 나는 그녀를 끌어안으며 머리카락에 키스했다.

"섹스하고 나서도 서준 씨가 좋은 건 뭔지 알아?"

"뭔데?"

"나를 이렇게 사랑스럽게 안아주는 거. 그런 뒷마무리가 여자는 섹스할 때만큼 좋아."

"그건 어느 남자나 다 그러지 않아."

"신랑은 어떤지 알아? 섹스 끝나기가 무섭게 언제 좋았냐는 듯이 홱 돌아눕는 거야. 아니면 씻고 와서는 거실로 나가서 혼자 차를 마시며 티브이 보든가. 배신자 같은 기분에 야속할 때도 있어."

그럴 수도 있겠구나, 했다.

"잠이 오려고 그런다."

그녀가 이마를 마주 대며 팔을 내렸다. 그러자 그녀의 손이 내 것에 닿았다.

"나, 이거 잡고 잔다."

그녀가 내 것을 꼭 쥐었다.

"그래, 그럼 나는 이거 잡고 잘게."

나는 그녀의 가슴을 가볍게 밀어 올리며 감싸 잡았다.

"그래, 그러면 서로 좋잖아. 자면서도 정이 드는 거야."

"맞아."

"그런데 그놈은 뭘 잡고 자는지 알아?"

"뭘 잡고 자는데."

"리모컨."

나는 입을 꾹 다물었다.

"얼마나 웃기는지 몰라. 세상모르고 자다가도 손에서 리모컨만 빼면 후다닥 깨서 '왜 그래! 왜 그래!'하면서 두리번거리는 거야."

나는 계속해서 입술을 힘주어 다물고 있었다.

5. 그녀의 동창생들

온종일 먹구름이 몰려들더니 저녁이 되니까 투둑투둑, 빗방울이 나뭇잎을 때리기 시작했다. 나는 비 오는 날을 좋아했다. 그것도 앞이 보이지 않을 정도로 장대비가 쏟아지는 날이 좋다. 그래서 그런 날은 머리부터 온몸을 때리는 빗방울의 애무를 느끼며 일부러 돌아다닌 적도 있었다.

어렸을 때, 여름방학이었다. 비가 올 것 같지 않던 날이었는데 오후가 되자 하늘이 컴컴해지고 번갯불이 먹구름을 가르며 번뜩이더니 '쏴- 쏴-' 폭우가 쏟아졌다. 하늘에서 물을 쏟아붓기라도 하는 듯이 병풍 같은 빗줄기가 뿌옇게 지나가고 또 지나가고 했다. 들에서 일하던 농부들은 비설거지 하러 가느라고 미끄러운 논두렁을 이리 뛰고 저리 뛰었다.

그 비를 맞으며 나는 꼬리를 축 늘어뜨린 소를 앞세우고 논두렁길을 걸어서 집으로 온 적이 있었다. 비를 맞는 것은 소도 싫었는지 땅을 쿵쿵 밟는 걸음걸이가 무척 빨랐었다. 지금은 비를 맞고 돌아다니지는 않지만 그래도 비가 많이 오는 날은 일부러 승용차 안으로 들어가서 비 오는 것을 구경하며, 과거의 목가적인 농촌풍경을 회상하고는 한다.

빗소리가 점점 더 요란해진다. 그녀가 동창생들과 무주구천동으로 여행 간다고 했었는데 그곳 날씨는 어떤지 궁금했다. 일기예보라도 보아야 할 것 같아서 나는 TV를 켰다. 그런데 그때 그녀에게서 전화가 왔다. 그녀와 나는 텔레파시도 잘 통했다. 그녀가 무엇을 하는지 궁금해서 문자메시지를 보내려고 핸드폰을 꺼내 들면 언제나 그녀 쪽에서 먼저 문자나 전화가 왔다.

"서준 씨 지금 뭐 해? 저녁은 먹었어?"

전화를 받자마자 그녀의 톤이 높은 목소리가 숨 가쁘게 들려온다.

"그럼, 먹었지. 지혜 씨, 지금 어디야?"

나는 핸드폰을 들고 침대로 가서 걸터앉았다.

"아직 무주야! 무주구천동 알지? 여기 펜션에 있어! 여기서 펜션 하는 친구가 있거든!"

무엇이 그렇게 신이 났는지 그녀의 목소리는 흥에 겨워 들떠 있었다.

"서울에는 비가 오는데? 그곳 날씨는 어때?"

"서울에 비와? 여기 날씨는 엄청 좋아! 지금은 밤이라서 싸- 하고 적막이 흐르는데 멀리서는 개구리 울음소리가 와글와글하다! 서준 씨 들어볼래!"

핸드폰을 들로 돌렸는지 그녀의 목소리는 잠시 없었다. 어둠이 깔린 밤 풍경이 눈앞에 펼쳐졌고 시골의 정적이 들리는 듯도 했다. 아련하게 개구리의 울음소리가 들려오더니 그녀의 목소리가 다시 들려왔다.

"들리지? 개구리 소리 들어봤지? 너무 좋아! 서준 씨가 옆에 있으면 좋을 텐데! 서준 씨도 저런 자연의 소리를 좋아하잖아!"

"그럼, 좋아하지."

개구리 우는 소리를 들려주려고 핸드폰 방향을 들 쪽으로 대 주는, 이토록 사랑스럽고 귀여운 여자가 또 있을까?

"낮에는 개울에 가서 다슬기도 줍고 했어! 다슬기 알지? 깔때기처럼 생겨서 뱅그르르 돌아간 거! 고기도 많아! 우리 언제 여기 한 번 놀러 오자!"

그녀는 자랑하느라고 숨도 제대로 쉬지 못하는 듯했다.

"그래, 한 번 가자."

자연풍경을 저토록 좋아하고 감상할 줄 아는 그녀이기에 둘이 여행하면 어디를 가든지 신천지를 탐험하는 것처럼 경이로울 것 같았다.

“나, 모레 서울로 올라가! 올라가서 보고할게!”

‘보고’라는 표현이 또 재미있었다.

“그래, 내일도 거기서 지내?”

“아니 내일은 바다 구경 간다~ 그리고 호텔에서 하룻밤 더 자고 모레 서울로 올라가는 거야!”

“알았어. 잘 놀다 와.”

“나 혼자 구경해서 미안해! 끼니 거르지 말고 잘 챙겨 먹고! 안뇽~.”

“하하~ 걱정하지 마.”

미소를 머금은 채 나는 전화를 끊었다.

*

그녀는 얼른 보면 스트레스를 받거나 속 상하는 일이 전혀 없을 여자 같다. 세상을 낙관적으로 바라보는 성격에다 애교가 있고 장난을 좋아해서다. 즐겁게 살기 위해서 스스로 노력하기도 한다. 항상 즐거운 일만 생각하고 남들을 즐겁게 해줄 생각을 한다.

그녀는 사람들이 많이 모여 있는 자리에 나가서 노는 것을 좋아한다고 했다. 그리고 그녀가 이야기하면 좌중이 웃음바다가 될 때가 많다고 말했었다. 모임이 있는데 그녀가 빠지면 그 모임은 흥이 깨져서 시큰둥해 있다가 일찍 파한다고도 했다. 그런 그녀이기에 얼핏 보기에는 아무 근심 걱정 없이 즐겁게 사는 여자로 보인다.

하지만 알고 보면 그녀는 누구보다 스트레스를 많이 받고 가슴앓이하며 살고 있다. 애틋하고 섬세한 감성을 가진 그녀에 비해서 신랑은 권위적인 데다 아내를 이기고야 마는 인색한 타성이 있어서 그런 것 같다.

언젠가 그녀가 머리 스타일을 바꾸고 우리 집에 온 적이 있었다.

"어어! 지혜 씨, 머리 새로 했네!"

현관문을 열고 들어오는 그녀의 머리를 보면서 내가 말했다.

"어때 괜찮아?"

"응, 먼저보다 훨씬 더 예뻐. 지혜 씨가 옆에 있으면 메릴린 먼로는 쳐다보지도 않을 거야."

"그래? 고마워."

그녀는 사뿐사뿐 걸어서 테이블로 가며 보는 사람이 없는데도 혼자 가만히 미소를 지었다. 머리하기를 잘했구나, 하고 만족해하는 표정이다. 그녀는 기분이 좋으면 좋은 속마음을 감추지 못한다. 언제인가 그녀와 같이 시내버스를 타고 갈 때, 중간에 내려서 한참 동안 먹거리를 사러 다닌 후 다시 버스를 탔는데 단말기에서 '환승입니다!' 하는 설명이 나왔다. 그러자 그녀는 많은 승객이 쳐다보고 있는데도 입이 함박만큼 벌어지며 종종 걸어서 안쪽으로 들어갔다.

"머리를 그렇게 바꾸니까 느낌이 완전히 달라."

오렌지주스를 따라주며 내가 한마디 더 했다.

"그놈은 그런 말도 할 줄 몰라. 치마를 뒤집어 입었는지 머리를 볶았는지 몰라. 나니까 살지 다른 여자 같으면 진작 보따리 쌌을 거야."

그녀의 쫑알거리는 말에 내 입이 다시 미소로 벌어졌다.

"어땠는지 알아? 머리 스타일을 바꾸면 그래도 그놈이 좋아할 줄 알았어. 남들이 무슨 상관이야. 신랑이 좋아해야 진짜지. 그런데 저녁에 퇴근하고 집에 오더니 나를 봤는데도 머리한 거를 모르는 거야. 원래 그런 놈인데 기대했던 내가 바보지, 지겨워."

그녀가 혼잣말로 말했다.

"따지고 보면 머리를 한 것도 그놈 생각하며 한 거잖아! 그놈한테 점수를 좀 딸까 해서 말이야! 그런데 그런 여자 마음도 몰라주고 아예 관심이 없으니 어떻게 살아! 애인을 사귀는 이유가 그런데 있는 거야. 애인한테라도 자랑해야지, 안 그래?"

그녀가 눈웃음을 지었다. 나도 결혼하면 아내의 말이나 움직임 하나하나에 관심 가져야 하겠구나, 했다. 그녀가 다시 말했다.

"그 무렵에 잠옷도 새로 샀었어. 비싼 거야. 명주실로 짠 거."

"그랬어? 잘했네."

나는 그녀의 그런 노력을 칭찬했다. 신랑의 무관심을 서운하게만 생각하지 말고 감각적으로 꾸며서 신랑 앞에 나서보라는 말을 해준 적이 있었다.

"저녁을 먹고 소파에 누워서 TV를 보고 있더라고. 그래서 샤워를 하고 새로 산 잠옷을 입고 신랑 앞으로 가서 서성댔지. TV에서 눈을 떼고 쳐다보더라고. 난 예쁘다고 할 줄 알았어. 그런데 그놈은 본 척 만 척, 눈을 돌리는 거야!"

"왜 그럴까? 지혜 씨 그런 옷 입으면 날개옷을 입은 선녀처럼 예쁘고 가슴이나 엉덩이는 참을 수 없을 정도로 관능적일 텐데."

"말로라도 그렇게 해주면 얼마나 좋아. 그런 말 듣고 쓰러지지 않을 여자 없어. 그런데 그놈은 아내를 칭찬해주면 어디가 망가지는 놈이야. 정말 소름 끼쳐!"

내가 잘 아는 사람 중에 이런 부부가 있었다. 나이가 40이 다 되도록 장가를 가지 못하더니 어느 날 애인을 사귀었다고 자랑했다. 그리고는 며칠 후 그는 애인을 데리고 우리 앞에 나타났다. 그런데 그녀를 보고 우리는 모두 할 말을 잃고 말았다. 생각도 못 하던 추녀여서다. 대머리를 연상하게 할 정도로 이마는 튀어나와서 어둠 속에서도 훤했고, 코는 들창코인데다, 입술은 인디언처럼 두껍고, 턱은 사각턱이었다.

그녀도 자기의 외모가 못생겼다는 것을 아는지 친구들 속에 합류하지 못하고 외톨이로 혼자 저만치 떨어져서 나비처럼 꽃구경이나 하고 했었다. 그런데 그녀의 남자는 우리하고 어울릴 때마다 큰소리로 그녀를 불러서 많은 사람 앞에 세워놓고, 음식을 잘 만든다느니 바느질을 잘한다느니 노래를 잘 부르느니 하면서 칭찬했다. 그 남자는 목소리가 컸는데 분위기를 압도하는 그런 큰 목소리로 그녀의 장점을 늘어놓으며 자랑했다.

그녀의 외모와는 어울리지 않는 그런 자랑과 칭찬이 처음에는 실감이 가지 않았는데 우리를 만날 때마다 귀가 따갑도록 자랑하니까 나중에는 정말 그런가 보다 하며 그녀를 달리 보게 되었다. 그 후로 그녀는 신랑이 없어도 우리 곁에 가까이 와서 농담하고 먹을 것도 챙겨주고 노래방에도 가고 했다. 그런 그녀를 우리는 형수님, 형수님! 부르고 다니며 가깝게 지냈다.

신랑에게 사랑 받는 것을 보고 그녀를 대하는 우리의 시선과 대우가 달라진 것이다. 그렇다. 여자가 아무리 바보 같고 무능하다고 하더라도 신랑에게 왕비처럼 대우받으면 그 누구도 그녀를 얕

잡아보지 못한다. 반대로, 남자에게 무시당하고 괄시받는 여자는 아무리 똑똑하고 능력이 있다고 해도 주위 사람들도 덩달아서 그녀를 쉬운 여자로 보고 외면하든가 희롱하려고 한다.

남자도 마찬가지다. 부인이 천덕꾸러기처럼 대하면 우리도 그 남자를 무시한다. 그러기 때문에 그 남자는 기가 죽어서 밖에 나가 할 말도 못 하고 여러 사람과 어울리지도 못한다.

이렇듯 부부간의 사랑으로 주위 사람들에게 존중받느냐 아니면 무시당하느냐 하는 환경이 조성된다. 부부간의 사랑은 돈을 모으는 데도 영향을 준다고 한다. 둘이 마음이 잘 맞으면 돈도 잘 벌고 서로에게 믿음이 굳건해져서 집도 금방 사는데 마음이 맞지 않아서 티격태격하다 보면 세월은 세월대로 보내면서 돈은 돈대로 모으지 못하고 서로 마음고생만 한다는 것이다.

*

오늘 나는 아침 일찍부터 소매를 걷어 올리고 주방에서 바쁘게 움직였다. 그녀를 위해서 맛있는 음식을 만들려는 것이다. 어제 저녁때였다.

“나, 내일 오전에 서준 씨한테 보고하러 갈 거다~.”

그녀가 갑자기 전화해서 장난스럽게 말했다.

"서울에 언제 왔어? 그러잖아도 여행은 잘 다녀왔는지 궁금했었는데."

"며칠 됐는데 바빠서 전화도 못 했어! 내일은 서준 씨한테 갈 수 있어! 길게 전화 못 해! 지금 잠깐 밖에 나와서 전화하는 거야! 끊을게!"

바쁜 일이 있는 듯 그녀는 서둘러서 전화를 끊었다. 나는 그녀가 오면 무엇이든지 맛있는 음식을 만들어 주고 싶었다. 내가 만들기에 제법 만만한 요리는 닭볶음탕밖에 없었다. 나는 닭볶음탕을 만들기로 하고 재료를 준비했다. 혹시 모르니까 거하게 삼겹살하고 상치도 샀다.

그녀가 우리 집으로 온다고 하던 오전 9시가 되어가고 있었다. 나는 닭고기가 든 솥을 가스레인지에 올려놓고 불을 켠 다음 거실과 테이블을 꾸몄다. 그리고 조금 있으려니 그녀에게서 전화가 왔다. 승용차를 가지고 오는데 곧 도착한다는 전화였다. 승용차는 그녀의 신랑이 가지고 출근하는 것으로 알고 있는데 의아했다.

그녀가 도착할 때쯤 되어서 나는 밖으로 나갔다. 오피스텔은 마당이 주차장인데 마을 쪽은 건물이 가려져 있고 반대편은 뒷산이어서 가까이서 볼 사람은 아무도 없었다. 마당에서 그녀를 기다리며 잠시 서 있자 흰색 승용차 한 대가 서서히 마당 안으로 들어왔다. 나는 그녀가 주차하는 것을 도와주었다.

"신랑이 승용차 안 가지고 갔어?"

차에서 내리는 그녀를 보고 내가 다가갔다.

"응, 며칠 전에 후! 불어서 정지 먹었어."

'후! 불어서'라는 그녀의 말이 나를 미소 짓게 했다.

"음주 운전했구나?"

그녀는 승용차 뒷좌석의 문을 열더니 쇼핑백과 비닐봉지를 꺼냈다.

"먼저 일요일에 시동생이 왔었거든. 그래서 시동생이랑 골프 치러 갔었는데 끝나고 나서 술 한잔하고 오다가 음주단속 경관에게 걸린 거지 뭐."

"조심했어야지."

"걱정되더라고! 그래서 신랑한테 대리운전 부르라고 했거든, 괜찮다고 큰소리치더니… 내 말은 그렇게 안 듣는다니까."

"그럼 시동생도 걸렸어?"

나는 그녀에게서 쇼핑백과 비닐봉지를 받아들고 안으로 향했다.

"내 말 좀 들어 봐. 또 웃기는 게 뭐냐 하면 시동생은 술을 못 먹거든. 그래서 걱정이 없었는데 시동생이 이러는 거야. 자기가 백 미터쯤 앞에 가면서 음주단속 하나 안 하나 보다가 음주단속 하는 게 보이면 핸드폰으로 연락할 테니 뒤에서 골목으로 빠지라고? 그런데 웬걸, 시동생한테서 전화가 와서 골목으로 들어갔는데 그곳에서도 경찰 아저씨가 두 눈 동그랗게 뜨고 서 있는 거야. 무슨 망신이야!"

"저런~."

"그 형에 그 동생이지 뭐."

그녀가 한심스럽다는 듯이 중얼거렸다.

"여행은 재미있었어?"

"얼마나 쏘다니고 난리 쳤는지 몰라! 우리 친구들이 모였다 하면 세상이 발칵 뒤집히는 거야!"

"그래?"

"얼른 들어가자. 들어가서 얘기해줄게."

그녀가 앞서서 오피스텔 안으로 들어갔다. 닭고기 익는 냄새가 구수했다. 쇼핑백하고 비닐봉지를 내려놓은 나는 주방으로 가서 끓고 있는 닭고기의 상태를 점검했다.

"뭐야? 뭐 하려고 그러시나요?"

구미를 당기는 닭고기 냄새와 전통 한식집처럼 분위기 있게 준비가 되어 있는 테이블을 보며 그녀는 눈을 크게 떴다.

"오늘은 내가 지혜 씨한테 실력 발휘할 거야."

"닭고기 냄새가 나는데?"

그녀도 주방으로 왔다.

"닭볶음탕 만들려고, 그거 지혜 씨도 좋아하잖아?"

"그럼, 좋아하지."

나는 잊기라도 했었던 것처럼 그녀를 번쩍 안아 올렸다.

"무거워졌지. 얼마나 먹어댔는지 몰라."

"지혜 씨는 원래 체중이 없어."

나는 그녀를 안고 한 바퀴 돌다가 내려놓았다.

"나, 얼굴 많이 탔지?"

"많이 타지는 않고 조금 그을린 거 같기는 하다. 그래선지 더 건강해 보여."

"그래?"

그녀는 쇼핑백과 비닐봉지를 집어 들고 냉장고 앞으로 가더니 물건을 하나씩 꺼내어 냉장고 안에 넣기 시작했다.

"이건 풋사과야. 아직은 조그맣고 파란데 그래도 새큼한 게 맛있더라. 그래서 시골에서부터 가지고 왔어."

"그 사과 맛있겠다. 나도 어렸을 때 그런 풋사과를 많이 먹었어."

"그랬어?"

"마을에 과수원이 있었는데 할아버지가 자주 얻어다 주셨어. 과수원 주인이 솎아낸 것을 한 바구니씩 주기도 했고, 비가 많이 오는 날은 떨어진 사과가 울타리 밖으로 떠내려와서 그걸 집어 먹기도 했었어."

"그래? 나도 어렸을 때부터 많이 먹었어."

"그래도 우리 집에 이런 거 가져오느라고 지혜 씨 고생하는 게 나는 마음에 안 들어."

"나도 먹을 건데 머. 저건 술이야. 오랜만에 둘이 술도 한잔해야지?"

"술은 있는데 술까지 가져왔어?"

"집에서 직접 담근 더덕주야. 작년에 담갔으니까 담근 지 일 년이 넘었어. 새로 담가놓고 이거는 얼마 전부터 먹기 시작하는 거야."

그녀는 세면장으로 갔다. 나는 주방으로 가서 닭고기가 익어가는 상태를 점검해 본 다음 준비해 놓았던 양념을 넣고 다시 불을 조절했다.

*

"힘들었을 텐데 이제 지혜 씨는 저기 가서 쉬세요."

세면장에서 나오는 그녀에게 내가 침대를 가리켰다.

"알았습니다."

그녀는 침대로 가서 앉더니 티브이를 켰다.

"오자마자 그놈하고 또 한바탕했다."

"무슨 일로?"

나는 침대로 가서 그녀 옆에 앉았다.

"베란다에 있는 선인장에 꽃이 피었거든. 그런데 저녁을 먹고 베란다로 가서 선인장꽃을 보더니 '사람은 한 번 가면 끝인데 꽃은 졌다가도 다시 피는구나.' 그러는 거야. 그래서 내가 그랬지. 졌던 꽃이 어떻게 다시 피느냐고! 진 꽃은 땅에 떨어져서 거름이 될 뿐이고 새로 핀 꽃은 이 세상을 처음 구경하는 새로운 꽃이라고!"

"그랬더니?"

내 입이 미소로 벌어졌다.

"바보 앞에서 말을 꺼낸 내가 바보지! 하고 톡 쏘는 거야! 바보라니! 서준 씨? 내 말이 틀렸어?"

그녀는 나를 빤히 보았다. 나는 미소를 짓고만 있었다.

"그게 아니잖아. 떨어진 꽃은 다시 피는 게 아니라 썩을 뿐이고 새로 핀 꽃은 새로 태어난 아기와 같아. 꽃눈에서 이제 막 돋아나서 처음으로 이 세상을 구경하는 꽃이라고! 그렇지? 서준 씨 말 좀 해봐!"

"그래. 지혜 씨 말이 맞아."

"굳이 말하려면 이렇게 말해야 해. '이 선인장은 꽃이 져도 다시 꽃을 피우는구나.' 이렇게 말이야. 주체가 진 꽃이 아니고 선인장이라고! 그런데 그놈의 말은 떨어졌던 꽃에 청춘이 다시 돌아온다는 거잖아!"

"그건 그래."

미소가 떠나지 못하고 있던 내 입에서 기어이 웃음이 터졌다.

"그것 봐! 그런데 그놈은 내 말이 틀린 것처럼 바보라느니 뭐니 하면서 막무가내로 우기는 거야!"

"그런 일로 자기의 아내를 이겨서 뭐 하겠다고 그분은 그럴까?"

나는 미소를 감추지 못했다.

"그러기에 하는 말이지."

별거 아니라는 듯이 그녀가 혼잣말로 마무리했다.

"여행 갔었던 얘기나 해 봐."

내 말이 끝나기가 무섭게 그녀는 깔깔거리며 마구 웃었다.

"뭐가 그렇게 우스워?"

"보통 난리를 피운 게 아니야! 우리 동창들 술 한 잔 들어갔다 하면 얼마나 왈가닥인지 몰라!"

그녀는 무슨 생각을 잠깐 하더니 숨넘어갈 듯 다시 깔깔거렸다.

"혼자만 웃지 말고 얘기해 봐."

그녀가 하도 웃기에 내 입에서도 웃음이 떠나지 못했다.

"관광버스가 출발하자마자 술을 한 잔씩 하더라고! 그러다 얼큰해지니까 발동이 걸린 거야! '얘! 너 재미있는 얘기 좀 불어라!' 하고 나오기 시작하더니 얼마나 수다 떨고 야단들인지! 먼저 그 애 알지? 간호사로 있다는 순희!"

그녀는 티브이를 껐다.

"간호사? 아, 비뇨기과에서 간호사로 있다는 그 여자?"

나는 얼른 주방으로 가서 가스레인지의 불을 조절해놓고 그녀의 옆으로 다시 가서 앉았다. 언젠가 그녀는 자기의 친구들 몇 명에 대해서 말해준 적이 있었다. 그 친구 중에는 초등학교에서 근무하는 선생님도 있고, 동네 음악학원의 원장도 있고, 대학원에 다니는 사람과 비뇨기과에서 근무 중인 간호사도 있었다. 영애라는 여자는 지혜 씨의 주선으로 나하고 셋이서 횟집에도 갔었고 맥주 마시러 나이트클럽에 간 적도 있었다.

"이번에는 비뇨기과에서 간호사로 있는 그년 때문에 우스워서 죽는 줄 알았어!"

그녀는 다시 한바탕 깔깔거렸다.

"그 여자가 왜?"

"걔 나이가 나보다 한 살 더 많아. 그런데도 아직 결혼을 안 했거든! 그래서 '얘! 너 왜 시집 안 가니?' 하고 야단을 쳤더니 일 좀 더하다가 갈 거라고 하면서!"

그녀는 말을 하다 말고 웃느라고 고목처럼 내 옆으로 쓰러지고 말았다. 쓰러지면서 나를 잡는 바람에 나도 중심을 잃고 같이 넘어졌다.

"무슨 일을 더 해?"

그녀의 등을 떠밀어서 일으켜 주고 나도 일어나 앉았다. 그녀는 얼굴이 달아오를 정도로 웃더니 겨우 숨을 가다듬고 말을 시작했다.

"무슨 일을 더 하느냐고 나도 그렇게 물었다! 그랬더니 그러는 거야. 자기가 하는 일이 뭔지 아느냐고. 그래서 뭐냐고 물었더니 남자 고추를 치료해 주는 거라나?"

"남자 고추를 치료하다니?"

"포경수술 해준다는 거지! 그런데 그게 문제가 아니야!"

"그럼 또 뭐가 문제야."

그녀는 웃다가 생각에 잠겼다가 다시 웃다가를 규칙적으로 반복했다.

"어른들은 정관수술도 많이 한대! 그런데 그 수술을 할 때는 고추를 잡고 있든가 아니면 위로 들어 올려서 반창고로 붙여놓는다나!"

그녀는 웃음을 참느라고 얼굴이 빨개졌다. 그러더니.

"나중에는 뭐라고 하는지 알아? '그게 내 직업일 뿐이야.' 그렇게 말하는 거야. 나쁜 년!"

내 눈에도 눈물이 고였다. 그녀는 손수건을 아예 손에 쥐고 있었다.

"버스 기사가 있는데도 듣거나 말거나 얼마나 웃고 난리들을 쳤는지 몰라! 관광버스 지붕이 들썩거렸을 거야!"

그녀는 겨우 웃음을 수습하더니 다시 말한다.

*

"피아노 학원 원장이라는 애는 결혼했는데 신랑이 밤마다 섹스하자고 해서 귀찮아 죽겠다는 거야! 그러니까 한 년은 자기 빌려달라고 하고! 얼마나 배꼽 빴는지 몰라!"

"죄 없는 신랑을 마음대로 가지고 놀았구먼."

"그렇게 해서 복수하는 거지 뭐. 스트레스도 풀고!"

하긴, 숨 막히는 일상에서 벗어나 바람 쐬고 스트레스 푸는 것이 그런 거 아니겠는가.

"대학원 다니는 친구는 관광지에 가서 뭐라고 했는지 알아?"

"뭐라고 했는데?"

"우리가 버스 기사한테 단체 사진을 찍어달라고 부탁했었거든."

"그런데?"

"사진을 찍으려고 다 모여 섰는데 버스 기사한테 하는 말이 '물 나오게 잘 박아주세요.' 그러는 거야! 웃느라고 대열이 다 흐트러지고, 말도 못 해! 나중에 보면 알겠지만, 사진도 엉망으로 나왔을 거야!"

"물 나오게 잘 박아달라는 건 또 뭐야?"

"뒤에 연못이 있었거든! 그러니까 연못의 물도 나오게 찍어달라는 말을 그렇게 엉큼하게 하는 거야!"

"하여간 못 말리는 친구들이네."

"내가 그랬잖아! 우리 친구들은 모이기만 했다고 하면 모두 왈가닥이 되고 깡패가 된다고."

그녀가 자기의 친구들이 왈가닥이고 깡패라고 말했던 것은 '정숙'이라는 여자의 이야기를 해주면서다. 정숙이라는 여자는 미혼인데 직장에 다닌다고 했다. 그녀는 한 유부남과 사귀고 있었는데 그 유부남이 말을 듣지 않으면 마구 때리기도 한다고 했다.

그런데 이야기를 더 듣고 보니 유부남을 때리는 일은 둘째였다. 이런 일이 있었다고 했다. 그녀가 유부남과 사귀고 있는 사실을 유부남의 부인이 눈치챘다고 했다. 그래서 유부남 부인이 정숙이에게 공원에서 만나자고 하더라는 것이다. 정숙이는 부인이 만나자고 하는 공원으로 친구들을 데리고 나갔다는데 우스운 일은 그때부터 일어났다.

'이년아! 신랑 간수 잘못한 네가 잘못이지 내가 잘못이니!'

오히려 유부남의 부인에게 대들었다는 것이다.

'네 신랑이 왜 바람을 피워! 빨아주고 닦아 주고 해야지! 너 대신 네년 신랑 보살펴준 게 잘못이야! 신랑 간수도 못 하는 게 어디 와서 따지겠다는 거야!'

공원에 있는 사람들이 듣거나 말거나 소리 지르며 대들었다고 했다. 그랬더니 그 부인은 창피한 듯 얼른 가버리더라는 것이다.

'적반하장이라고 하더니 그 말이 딱 맞네.'

내가 어이없어서 말했었다. 그녀는 또 다른 친구의 이야기도 했었다. '상미' 라는 여자였다. 그녀는 결혼했다고 하는데 정숙이라는 여자와는 반대의 상황으로, 그녀의 신랑이 바람을 피우는 경우였다. 상미는 벼르고 벼르다 신랑 애인의 전화번호를 알아내서 그녀를 커피숍에서 만났다고 했다. 상미 역시 친구 두 명과 함께 커피숍으로 가서 다짜고짜 신랑 애인의 머리카락을 잡아당기며,

'야! 이년아! 왜 남의 신랑을 꼬드겨! 경찰서에 집어넣을 거야!'

하고 야단쳤다고 했다. 성격이 거친 한 친구는 신랑의 애인을 넘어뜨릴 듯이 그녀 앞에 바짝 다가서서 신문하듯 따졌다고도 했다.

'어디서 만났어!'

'모텔에서요.'

'몇 번 만났어?'

'세 번이요.'

'몇 번 했어!'

'세 번이요.'

'좋았어?'

'네.'

완전히 궁지에 몰리고 겁이 난 신랑의 애인은 상미의 친구들이 짓궂게 묻는데도 최면에 걸린 것처럼 순순히 자백하더니 눈물을 흘리며 용서해달라고 빌더라는 것이다.

'지혜 씨 친구들 정말 왈가닥이고 깡패들이네.'

'그래, 얼마나 깡패들인데!'

그렇게 해서 그녀의 친구들이 왈가닥이고 깡패라는 말이 나왔었다. 그런 이야기들은 자기들끼리 웃으려고 떠드는 수다거나, 나에게 재미있게 들려주기 위해서 부풀린 부분도 있겠지만 전혀 근거 없는 이야기는 아닐 것이다.

6. 화투

주방에서는 닭고기 요리가 완성되어가느라고 맛있는 냄새를 풍기고 있었다. 나는 주방으로 갔다.

"먹어도 되겠다."

그녀도 내 뒤에 와서 들여다보았다.

"나도 음식 잘하지?"

"응, 잘 된 거 같아. 이제 내가 할게."

그녀는 이것저것 그릇들을 내려놓고 음식을 뜰 준비를 했다.

"가만있자. 상치 씻어야지."

나는 수돗물을 틀어놓고 상치를 씻기 시작했다.

"남자가 상치를 씻어주다니, 그런 사건은 처음이야."

"이게 사건이야?"

"그놈은 옆에 있는 핸드폰도 집어다 줘야 해."

장난 같은 그녀의 말에 나는 미소를 지었다.

"하도 화가 나서 하룻밤은 집에 안 들어간 적도 있었다."

"하룻밤 안 들어가? 지혜 씨가 외박했었다는 말이야?"

"응, 찜질방에서 잤어."

그녀는 테이블로 가서 반찬과 접시를 차리기 시작했다.

"아, 그랬구나. 왜?"

"얼마 전에 신랑 생일이었어. 그래서 남자 여자 포함해서 친구들이 많이 왔었는데 그 여자들을 보고 그러는 거야. 누구는 뭘 잘하고 누구는 뭘 잘하고, 누구는 본디 착하고, 내 앞에서 다른 여자 칭찬만 하는 거야!"

"본디 착하지 않은 사람이 어디 있을까?"

"그런데도 그러더라니까! 그럼 나는 나쁘다는 말인가? 말을 해도 꼭 그런 식으로 속없이 한다니까!"

"남들 앞에서는 아내를 칭찬해야지, 왜 남의 여자를 칭찬해."

"속이 상했지만 입을 꾹 다물고 참고 있었다! 그런데 밤에 자려고 하는데 또 그러는 거야. 누구는 교양이 있고 숙녀답고, 그럼 나는 교양이 없다는 말이잖아. 그래서 그랬다! '그럼 그 여자하고 살지 왜 나하고 살아!' 소리 지르고는 집을 나온 거야! 그때도 서준 씨한테 오려고 하다가 조금 있다 들어가야지 하고 집 앞 공원에 앉아 있는데 마침 친구한테서 전화가 오더라고. 그래서 그 애하고 둘이 맥주 한 잔 마시고 찜질방에 간 거야. 거기서 밤새 떠들다가 아침에 들어갔어. 그놈 출근한 뒤에 말이야."

잠시 말을 끊고 있다가 그녀가 다시 말한다.

"그런데 또 어이없는 게 뭔지 알아. 다음 날 시어머니가 오셨는데 내가 나가서 자고 온 걸 시어머니한테 다 일러바치는 거 있지?"

그래도 되는 거냐고 묻듯이 그녀는 내 표정을 본다.

"그 사람은 왜 그럴까? 어른들한테는 둘이 재미있게 잘 사는 모습을 보여 드려야지."

"나를 나쁜 여자로 소문내려고 그러는 거지, 머."

그녀는 닭볶음탕을 한 냄비 퍼 들고 테이블로 갔다.

"얼른 와. 먹자."

나도 씻은 상치를 들고 테이블로 갔다.

"아침을 같이 먹으니까 부부 같다."

"신랑하고 매일 이렇게 아기자기하게 살고 싶은데 안 되잖아. 그러니 애인하고라도 포스를 취해봐야지. 안 그래?"

그녀의 말에 나는 다시 미소 지었다.

"내가 가져온 밥 먹어봐. 약 밥이야."

그녀는 대나무로 만들어진 도시락 뚜껑을 열었다. 은행, 콩 등이 들어있는 잡곡밥이었다.

“친구 집에 오면서 밥을 가져오는 사람이 어디 있어?”

“서준 씨하고 같이 먹으려고 나도 안 먹고 가져온 거야.”

“같이 먹어야 맛있지. 그런데 그놈은 내가 먹거나 말거나 관심이 없어. 아예 같이 먹자는 말도 없어. 기껏 차려 주었는데 싱거우니 짜니 투정이나 하고.”

“같이 오래 살다 보면 무관심해지기도 하겠지. 뭐.”

“이제 겨우 여섯 해 살았는데 벌써 그러면 죽을 때까지 어떻게 같이 살아!”

발끈하듯 하는 그녀의 말투가 우스웠다.

“같이 먹자며 기다려주는 그 마음이 여자는 얼마나 고마운데. 맛있는 음식을 입에 넣어주고 싶을 정도야.”

“아- 그렇구나.”

그녀는 배가 고팠었는지 볼에다 밥풀때기까지 붙여가며 부지런히 잘 먹었다. 다부지게 먹는 모습이 더없이 복스러웠다.

“내가 만들어 준 음식을 맛있게 먹어주는 것도 고맙고… 아무것도 아닌 거 같지만 여자는 그런 작은 마음 씀씀이에서 정을 느끼는 거야.”

나는 고개를 끄덕였다.

“더덕주도 한잔해. 맛있어.”

그녀가 술을 따라주었다. 위스키를 닮은 주황색에 약술 같은 향이 코끝을 스쳤다.

"지혜 씨는 술 먹으면 안 되잖아. 차 가지고 왔는데."

"놀다가 갈 건데 뭐. 딱 한 잔만… 주세요."

그녀는 술잔을 두 손으로 내 앞에다 받쳐 들고 있었다. 나는 그녀의 잔에다 반 잔 정도를 따랐다.

"에게게-."

"지혜 씨 여행 잘 갔다 온 걸 기념하면서, 짠!"

"다시 만나서 반가워요."

우리는 동시에 술잔을 입으로 가져갔다.

"집에 오기 전날 밤은 호텔에서 잤는데 호텔에 가서도 알몸 경연한다고 얼마나 난리를 피웠는지 한잠도 못 잤어."

"알몸 경연은 또 뭐야?"

"정말 웃기는 친구들이야! 누가 S라인 인지, 누구의 가슴이 제일 큰지 그거를 심사해서 뽑자는 거야! 그래서 홀라당 벗고 한 사람씩 앞으로 나가서 섰다!"

"자기들 세상이라고 본성을 드러냈군."

"우스워서 죽는 줄 알았어! 한 친구는 엉덩이 흔들기 댄스를 배웠다나 뭐라나 하면서 알몸으로 엉덩이를 돌리는데 웃느라고 모두 쓰러졌어!"

"그렇게 왈가닥들이면서 집에 가서는 얌전 뺄 거잖아?"

"우리끼리 노느라고 그러는 거지 뭐! 진짜 왈가닥인가! 그렇지는 않아."

"그렇게 극성스레 난리 친 걸 신랑이 알면 뭐라고 할까?"

"서준 씨니까 얘기하는 거지 신랑한테 누가 이런 말을 해."

그녀가 정색하며 대꾸했다.

*

그녀가 가지고 온 더덕주가 입에 맞아서 나는 여러 잔을 마셨다. 달착지근하면서도 홀리듯이 입맛을 당겼다.

"지혜 씨는 무슨 상 탔어? 가슴이 제일 큰 상 탔겠는데."

내가 장난으로 물었다.

"내가 무슨? 그래도 S라인 상 탔다. S라인 상품이 뭔지 알아?"

"뭔데?"

"노래방비 안 내는 거."

"그래? 그러면 그 상 탈 만한데."

"내가 총무를 보니까 수고한다고 봐준 거지 뭐."

"아니야. 지혜 씨는 몸매도 예뻐."

"가슴이 제일 큰 상은 누가 탔는지 알아?

묻지도 않았는데 그녀가 서슴없이 말했다.

“누가 탔는데?”

“서준 씨도 알 거야. 영애라고 있잖아. 내가 제일 가깝게 지내는 친구라고 말한 애. 영등포에 있는 나이트클럽에도 같이 갔었잖아.”

“아하, 그 아가씨, 아니 아줌만가?”

“그 친구도 흑석동에 살았는데 나하고 마음이 잘 통해서 중학교 때부터 제일 친한 단짝이었어.”

“지금은 어디 살아?”

“지금도 그쪽, 장승배기에 살아. 그 애도 흑석동에서 용산으로 학교에 다녔는데 어느 때는 둘이서 그 긴 한강 다리를 걸어서 건너온 적도 있었다.”

“왜?”

“차비 아끼려고.”

“아하- 하긴, 나는 차비가 없어서 그보다 더 먼 길을 걷기도 했었어.”

나는 틈틈이 술도 마시고 밥도 먹고 했다.

“한 번은 그 애하고 걸어오는데 한강 다리 가까이 오니까 비가 부슬부슬 내리기 시작하는 거야. 그래서 버스 타고 가자고 했더니 그냥 걸어가자는 거야. 무슨 청승인지 몰라.”

"낭만적이고 좋지 뭐."

"낭만적이긴? 얼마나 웃겼는데."

"왜?"

"비가 점점 많이 쏟아지는 거야. 그래서 용돈 털어서 비닐우산을 사서 썼어! 처음에는 기분이 괜찮더라고. 그래서 한강 다리를 타박타박 건너오는데 갑자기 바람이 불면서 비가 엄청나게 쏟아지잖아. 쏴- 쏴-, 비바람이 어찌나 몰아치는지 우산을 쓰나 마나 블라우스가 다 젖어서 몸에 찰싹 붙는 거야. 브래지어가 다 보이잖아! 창피해서 혼났어."

"비바람이 몰아치면 그렇지."

"그래, 비닐우산이라서 자꾸만 일그러지고 들썩이는 거야! 그런데 한강 다리 중간까지 왔는데 갑자기 우산이 훌렁 뒤집히더니 낙하산처럼 돼서 날아가려고 그러잖아! 놓치지 않으려고 두 손으로 잡고 매달리면서 둘이 얼마나 웃었는지 몰라!"

"학교에 다닐 때는 나도 비 오는 날 추억이 많았어."

언제인가 학교에 갔다가 집으로 돌아오는데 비가 와서 옷이 흠뻑 젖었었다. 반항심이라고 할까? 심술이라고 할까. 옷을 입은 채 개울로 들어가서 허리까지 차는 물을 건너왔었다. 금기로 되어 있던 짓을 하니까 기분이 통쾌했었다. 흙탕물이 소용돌이치며 무섭게 흐를 때는 개울물을 구경하는 것도 장관이었다. '우르릉! 쿵!

쾅!' 굉음을 내며 물속에서 바위가 굴러가는 소리는 나한테 무한한 공포와 호기심을 불러일으키기도 했었다.

"옛날에 내 십팔 번이 뭔지 알아? 그거였어. '해변으로 가요.' 영애하고 둘이 그 노래를 얼마나 많이 불렀는지 몰라."

말을 마치더니 그녀는 '별이 쏟아 지~ 이는~' 하고 노래를 부르며 상체를 좌우로 움직였다. 그러더니 술을 한잔 더 마셨다.

"아! 배부르다. 이제 뭐 하지?"

그녀의 눈치를 보며 내가 말했다. 그녀는 수저를 놓으며 가만히 웃었다. 내가 다음으로 하고 싶어 하는 짓이 무엇인지 다 알고 있다는 눈웃음, 내가 다시 말했다.

"옵션 한 번 치르자."

내가 음흉한 미소를 지었다.

"그거 한 번 하고 우리 화투 하자."

"화투? 지혜 씨 화투 할 줄 알아?"

그녀가 화투를 하자고 하니 우습기도 했지만 재미있을 것도 같았다.

"그럼, 친목계 할 때 화투 많이 해. 이번에도 무주 펜션에서는 화투 하느라고 밤에 잠도 못 잤어."

"좋아, 지혜 씨 돈 다 따가지고 빈털터리 만들어야지."

재미있겠다는 생각에 나는 얼른 화투가 하고 싶어졌다. 그녀도 기대가 되는지 서둘러서 남은 음식들을 치우기 시작했다.

"샤워해야지. 서준 씨는 안 해?"

그녀는 옷을 모두 벗어서 테이블 의자에 올려놓았다. 나도 옷을 벗고 샤워실 안으로 들어갔다. 그녀와 같이 알몸이 되어서 샤워실로 들어가려니 포르노 영화의 한 장면을 보는 듯 흥분되었다. 욕실에 들어가서 물의 온도를 따듯하게 조절해놓은 나는 그녀의 몸에 물을 뿌려주고 보디샴푸를 바른 다음 손바닥으로 부드럽게 쓰다듬었다. 불가마에 넣으려는 도자기에 유약을 바른 것처럼 그녀의 몸은 미끄럽고 고왔다.

"이렇게 해봐. 이젠 내가 서준 씨 씻어줄게."

그녀는 나를 마주 보게 돌려세우더니 내 몸에 비누칠하고 문질렀다. 발기해있는 내 음경에도 비누칠한 후 마사지해주듯 닦아주었다. 쾌감으로 등골이 오싹했다.

"얼른 침대로 가자."

그녀도 달아오르는 것 같았다. 샤워실에서 나온 우리는 몸의 물기를 닦는 둥 마는 둥 하고 침대로 가서 곧바로 사랑 행위에 들어갔다. 그녀는 자신이 상위를 갖는 것도 좋아했다. 흥분이 고조되면 어느 때는 '내가 위로 갈래.'하고는 위로 가서 잘 맞추어 앉을 때가 많았다.

"섹스하고 나면 나는 그 남자가 고맙기도 하고 도와주고 싶은 연민의 정까지 생기더라."

조용히 누워있던 그녀가 말했다.

"섹스하고 나면 그때는 욕정이 아닌 교분 같은 마음의 정이 생겨서 그럴 거야."

"섹스는 그래서도 필요한 거야. 안 그래?"

"맞아."

영과 육에서 우리는 영을 더 중요시한다. 하지만 남녀 간의 사랑에서는 육욕도 중요하다.

*

"정말 화투 할 거야?"

그녀는 상체를 들어서 내 가슴 위에 포개어 엎드리더니 입을 맞추듯 가까이서 내려다보았다.

"그래. 뭐 할래?"

그녀의 등을 쓰다듬으며 내가 느긋하게 물었다.

"고스톱 쳐!"

"알았어."

그녀가 후닥닥 일어나 앉았다. 화투가 기대되는지 들뜬 모습이었다. 그녀는 나도 어서 일어나라는 듯이 홑이불을 훌렁 걷어서 알몸을 드러내놓고는 세면장으로 향했다. 나는 팬티를 입고 매트리스 위를 정리했다.

"돈 잃었어도 울거나 달라고 하지 않기다."

세면장에서 나오는 그녀에게 내가 겁을 주었다.

"알았어."

자신이 있는지 그녀도 입가에 실낱같은 미소를 품었다. 나는 그녀의 돈을 모조리 따서 약 올려 줄 생각을 했다. 돈을 다 잃었을 때 그녀가 어떤 표정을 지을지 그것도 보고 싶었다.

"팬티는 입고해야지."

그녀는 팬티를 입고 브래지어로 가슴을 조이더니 핸드백을 가져왔다.

"돈 많이 가져왔어?"

나도 준비하려고 일어섰다. 그녀는 동전 지갑을 찾으려는지 핸드백 속을 들여다보며 부스럭거렸다.

"이런 건 싫어!"

그녀는 무엇인가를 꺼내더니 휙! 집어던졌다. 카드 같은데 포물선을 그리며 날아가더니 테이블 위에 떨어졌다. 뭘 가지고 그러나 하고 다가가서 집어 보았다.

"부적이잖아. 이게 어디서 난 건데?"

나는 부적을 테이블 위에 올려놓았다. 그녀가 핸드백 속에 부적을 넣어 가지고 있다니 의외였다.

"엊그제 시어머니가 오셨었어. 그런데 그 부적을 주면서 핸드백에 넣고 다니라는 거야! 난 별로였지만 싫다고 할 수가 없잖아. 그래서 우선 핸드백 속에 넣어두었다가 안 볼 때 빼서 버리려고 했었는데 아직도 들어 있네."

"무슨 부적인데?"

나는 지갑에서 돈을 꺼내고 책상 서랍에서 화투도 찾아들고 그녀 앞으로 갔다.

"신랑하고 금실이 좋아져서 아기가 잘 생긴다나 뭐라나. 시어머니도 못 말리는 사람이야. 아기는 남자가 밤에 고추를 잘해줘야 생기지 부적을 가지고 다닌다고 생기나?"

그녀는 펼쳐놓은 수건 앞에 불상처럼 책상다리로 등을 곧게 세우고 앉았다. 그녀의 무릎 앞에는 잔돈까지 준비되어 있었다.

"지혜 씨는 정신 바짝 차리고 해도 나 못 당할걸?"

내가 다시 겁을 주었다.

"어디 한번 해봅시다."

그녀도 만만치 않게 대답했다. 나는 그녀와 화투를 시작했다.

"일 점에 이백 원씩 하자."

"그래."

왠지 자꾸 웃음이 나왔다. 그녀의 돈을 따겠다고 화투를 한다는 게 정말 우스웠다. 나는 화투를 해 본 지가 무척 오래되었다. 그래서 어떻게 패를 나누는지 알 듯 말 듯 했다. 그런데 그녀는 정말 많이 해본 솜씨였다. 화투를 몇 장씩 나누어 가져야 하는지, 몇 장을 바닥에 깔아야 하는지를 잘 알고 있었다. 그녀가 할 줄 아는 것 같아서 다행이었다. 내가 일방적으로 이기기만 하면 미안하기도 하고 재미도 없을 것 같아서다.

그런데 그게 아니었다. 그녀는 실전에서도 보통 솜씨가 아니어서 두 판, 세 판을 연거푸 이기는 것이었다.

"어허- 제법인데!"

나는 그녀의 실력을 부추겨주면서 웃었다. 그녀는 웃기만 할 뿐 말없이 화투의 패를 돌리는 데만 열중했다. 하지만 나의 그런 허우대나 여유는 차츰 심각하게 변해갔다. 그녀가 일방적으로 계속 이겨서였다. 듣기만 하던 쓰리 고에 피박이 번번이 나를 덮쳤다. 더구나 그녀는 할 때마다 흔들었다. 둘이 하는 화투라서 점수가 컸는데 흔들어버리니까 1점에 2백 원씩 했는데도 한 판에 만 원 넘게 나가는 것은 예사였다.

그녀의 실력을 우습게 보고 돈을 조금만 준비했던 나는 몇 번을 책상 서랍으로 갔다 왔다 하면서 지갑에 있는 돈을 꺼내 오고, 또 꺼내 오고 했다. 그런데 그렇게 돈을 꺼내 왔지만 몇 판을 치지도 못하고 그 돈은 모두 그녀의 무릎 앞으로 옮겨갔다. '혹시 속임수

쓰는 것이 아닐까?' 나는 그녀가 화투를 나눌 때 손가락 끝을 예의 주시했는데 손가락도 마술사 같은 움직임을 쓰지는 않았다.

"어어? 장난 아니네."

그래도 나는 여유 있는 미소를 보이며 느긋하게 말했다. 하지만 나도 모르게 목소리가 작아졌다. 그녀는 신이 났는지 틈틈이 노래까지 흥얼거렸다.

"얼른 돈 더 꺼내 놔."

입가에 미소까지 머금고 그녀가 여유만만하게 말했다. 나를 약 올리는 말투였다.

"일 점에 오백 원씩 하자!"

자존심이 상한 나는 배짱 있게 말하고 책상으로 가서 서랍 속에 들어있는 나머지 비상금을 모두 꺼내서 들고 갔다. 10만 원이나 되는 마지막 남은 생활비였다. 그래도 나는 아직 자신이 있었다. 그녀 정도는 몇 판이면 눈물을 질질 짜게 만들 자신이 있었다. 나는 이제부터는 정신을 바짝 차리고 해서 그녀가 나에게서 따 간 돈은 물론이고 그녀의 돈까지 모두 따와서 그녀를 놀려 주고 싶었다. 내가 질 때마다 꼬박꼬박 돈을 챙겨가는 게 얄밉기도 했지만 돈 잃었다고 놀리기까지 하다니 우리 사이에 그럴 수가 있을까 해서 낯선 사람처럼 느껴지기도 했다.

하지만 그녀를 이겨보겠다는 나의 희망은 오산이고 허세에 불과했다. 둘이 치면서 1점에 5백 원씩 하니까 한 판에 몇만 원씩 나갔다. 아까운 생활비 10만 원이 몇 판 치지도 못하고 나에게는 다시 만 원짜리 두 장하고 천 원짜리 몇 장만 남았다. 분발을 다짐하면서 나는 새롭게 정신을 집중했다.

그러나 오늘은 이상하게도 화투가 되지 않았다. 10만 원이 잠깐 사이에 그녀의 무릎 앞으로 모두 옮겨갔다. 들떴던 기분이 차갑게 식으며 멋쩍어졌다. 그만하고 싶었지만 항복하는 것 같은 기분이 드는 데다 본전은 찾아야 하겠기에 그만하자고 말할 수도 없었다.

"뭐 하고 있어! 빨리 돈 계산 해!"

내가 돈을 주지 않고 핸드폰을 들여다보고 있자 그녀가 패를 나누며 말했다.

"어이쿠! 알았네, 이 사람아!"

나도 모르게 말이 퉁명스럽게 나왔다. 그녀와 데이트할 때는 몇십만 원을 지출해도 아무렇지 않았는데 화투를 해서 잃으니까 약오르고 기분도 좋지 않았다. 쩨쩨하게 보일까 봐 화를 낼 수도 없고, 태연한 척 미소를 지을 수밖에 없었다. 하지만 어색한 미소였다. 천 원짜리 몇 장하고 백 원짜리 동전만 남아있어서 창피하기도 했다.

그녀의 손은 돈을 간추리느라고 바빴다. 그녀의 앞에는 이십만 원 가까이 되는 돈이 수북이 쌓여있었다. 지폐는 모두 내 돈이었다. 잔돈밖에 안 남았으니까 이번 판에는 어떻게 하든지 내가 이겨야 했다. 그렇지 않으면 나는 카드를 들고 현금인출기가 있는 버스정류장까지 뛰어갔다 와야 하는 초라한 신세가 된다. 그런데 웬일일까. 이번 판에도 내가 지고 말았다. 기가 막힐 노릇이었다.

"빨리 돈 줘."

내가 돈을 주지 않고 있자 그녀가 준엄한 표정으로 다그쳤다.

"알았어. 다음 판에 줄게."

이렇게 창피하고 자존심이 상하기는 처음이었다.

"그러는 게 어디 있어! 돈 없으면 그만해!"

그녀는 이제 배짱으로 나왔다.

"내가 돈 없을까 봐 그래?"

"그럼 꺼내놔!"

"얼른 패나 돌려. 따봤자 도로 다 줄 건데 뭘 그래."

내가 넘겨짚어 보았다.

"주긴 왜 줘."

"그럼 안 주고 다 가질 거야?"

"당연하지! 힘들게 노동해서 번 돈인데!"

어이가 없었다.

"그리고, 돈 잃었어도 달라고 하지 않기라고 누가 먼저 말하셨

나용~.”

할 말이 없었다.

“…그럼, 좀 빌려줘.”

나는 그녀의 무릎 앞에 있는 돈을 노려보며 눈독을 들이고 있다가 집으려고 얼른 손을 뻗었다. 그랬더니 그녀는 황새가 물고기를 잡을 때처럼 번개같이 돈을 집어 들었다.

“돈 없으면 그만하자고 하니까!”

그녀는 돈을 따서 그만하고 싶은 생각이 분명해 보였다.

“이, 아줌마가 정말!”

나는 얼른 손을 뻗어서 그녀가 손에 쥐고 있는 돈을 낚아채려고 했다. 그러자 그녀는 돈을 재빠르게 자기의 엉덩이 밑에 넣고 깔고 앉았다. 입에 물고 있는 양말 뭉치를 빼앗기지 않으려고 끝까지 잡아당기는 강아지 같았다.

“허락 없이 내 몸에 손대면 어떻게 되는지 알지?”

그녀는 나에게 경고까지 했다. 나는 뒤로 물러나서 침대 위에 벌렁 누워버렸다. 약이 올라서 그녀하고는 말도 하기 싫었다.

“얼마 딴 거 같지도 않은데 머.”

말하더니 그녀는 돌아앉았다. 뭐 하려고 그러나 해서 나는 살그머니 일어나 앉아 어깨너머로 넘겨다보았다. 그녀는 깔고 앉았던 돈을 모두 꺼내어 팔랑팔랑 세기 시작했다. 내가 보지 못하도록 등을 돌리고 앉아서 돈을 세는 그녀의 모습이 우습기도 하고 한편으로는 약아 보여서 미덥기도 했다.

"다음에 또 하자!"

내가 벼르는 소리로 잡아맸다.

"좋아, 얼마든지~."

"나, 오늘 얼마 잃었는지 다 알고 있어."

장난으로 말했지만 서운했다.

"그래, 달력에다 단단히 달아놓으셔!"

그녀하고는 도저히 말이 되지 않았다. 나는 화투를 치우고 바닥을 정리했다.

"돈 잃어서 분해 죽겠지?"

그녀가 나를 빤히 보며 또 약을 올렸다. 무안해하는 나의 표정이 어떤지 보려는 것도 같았다. 나는 시선을 돌려서 창밖을 바라보았다. 그녀하고는 눈도 마주치기 싫었다.

"줄까?"

그녀는 내 눈앞에 돈을 들어 보였다.

"그만두세요!"

내가 톡 쏘아주고는 고개를 돌렸다. 그녀는 내가 속상해하는 모습이 재미있는지 옆으로 쓰러지기까지 하면서 웃었다. 나는 냉장고에 가서 물을 한 컵 따라 마시고 다시 침대로 가서 앉았다.

"달라고 하면 줄게. 나도 인정은 있는 여자야."

"이, 아줌마가 정말!"

혼내 줄 것처럼 다가앉으며 나는 그녀의 팔을 잡았다. 그녀를 꼼짝 못 하게 잡고 뽀뽀할 생각이었다. 그녀는 가만히 있었다.

"지혜 씨하고는 평생을 같이 살아도 지루하거나 권태롭지 않을 거야."

나는 그녀를 잡아당겨서 어깨를 안고 둘이 한 몸이 되어서 소파 위로 쓰러졌다.

7. 봄이 오는 소리

여름 가는 것이 아쉬운 듯 추분이 지났는데도 한여름처럼 따끔한 날씨가 이어졌다. 그녀는 지금 무엇을 하고 있을까. 만나지 못한지는 한 달밖에 되지 않지만 마치 몇 년 동안 보지 못한 것처럼 궁금했다.

그녀에게서 전화가 오지 않으면 궁금하고 무료하기도 하다. 한편으로는 다행한 일이기도 했다. 그녀에게 속상한 일이 없다는 뜻이 되어서다. 그런데 나의 그런 느긋한 여유는 또 얼마 가지 못했다. 바람 소리가 유난히 을씨년스러운 아침, 그녀에게서 전화가 오더니 지금 우리 집으로 오는 중이라고 했다. 그녀의 목소리에는 그때그때 희로애락이 담겨 있었는데 이번에 들려오는 목소리는 울음이라도 터뜨릴 듯 침울해 있었다.

'또 무슨 일이 있는 걸까?' 걱정을 떨치지 못하고 나는 오피스텔을 나갔다. 아이들 두 명이 공을 차고는 달려가는 작은 공터 저 멀리 버스정류장이 보였다. 그녀는 아직 오지 않은 듯했다. 나는 가로수 가지치기 작업이 이제 막 끝난 것으로 보이는 버즘나무 뒤에 서서 그녀를 기다렸다.

그러자 잠시 후 눈에 익은 버스가 달려와서 멈추더니 그녀가 내렸다. 양장차림에 구두까지 신고, 날씨와는 어울리지 않게 선글라스까지 쓰고 나타났다. 나는 그녀에게 눈짓해 주고 얼른 골목 안으로 들어왔다.

"바쁜 일 있는데 내가 방해하는 거 아니야?"

그녀도 나를 따라서 골목 안으로 들어왔다.

"바쁜 일은 모두 끝났어."

무슨 일인가 해서 나는 그녀의 표정을 살폈다. 그녀에게서 술 냄새가 풍겼다.

"갑자기 와서 미안해."

"아니야. 미안하기는."

나는 오피스텔 쪽으로 걸음을 옮겼다. 그녀는 말없이 내 뒤를 따라왔다.

"지혜 씨 선글라스 써도 잘 어울리는데."

침묵으로 일관하는 그녀의 기분을 띄워주기 위해서 내가 장난스럽게 말했다.

"친구 거야. 난 이런 거 잘 안 써."

그녀는 선글라스를 벗더니 핸드백 안에다 집어넣었다.

"기분이 좋지 않은 거 같아?"

나는 그녀의 표정을 살폈다.

"가서 얘기할게."

잠시 후, 나는 그녀와 같이 오피스텔 안으로 들어갔다.

"나, 그놈하고 이혼할 거야. 영애하고 둘이 변호사도 만나봤어."

그녀는 핸드백을 테이블 위에 올려놓고 의자에 앉았다.

"이혼?"

이혼하고 싶다는 말은 몇 번 했었기 때문에 그 말이 그리 놀랍지는 않았는데 변호사까지 만나봤다니 예사롭게 생각되지 않았다. 나는 커피 끓일 준비를 했다.

"이제 봤더니 다른 여자를 숨겨놓고 있었던 거야! 어떻게 생각해, 서준 씨?"

"다른 여자라니?"

"쉬기 전에 군내부터 난다더니, 그동안 나를 달달 볶은 게 다 이유가 있었던 거야!"

"다른 여자가 있다는 걸 어떻게 알았어?"

"지난 수요일이야. 신랑이 어떤 여자하고 호텔에서 나오는 걸

봤다고 영애한테서 전화가 오더라고! 업무상의 미팅이 있었겠지, 하면서도 신경이 쓰이잖아! 그래서 저녁에 오면 물어보려고 했어. 그런데 그날 밤도 열 시가 다 돼서 들어오는 거야. 저녁 차려야 하느냐고 물어보니까 먹었다고 그러더라고. 저녁도 누구하고 만날 먹고 들어오는지 그것도 기분은 나빴어."

나는 커피를 들고 테이블로 가서 마주 앉았다.

"그런데 그때 어디서 전화가 왔는데 발신인을 보더니 내 눈치를 슬쩍 보고는 방으로 들어가서 문을 닫는 거야! 낮에 영애한테 들은 얘기도 있고 이상하잖아! 어떻게 할까 하다가 그냥 잤어. 그리고 그놈이 잠든 새벽에 핸드폰을 슬쩍 봤다. 최근 통화기록 말이야."

"그랬더니?"

"'SH 컨설팅'이라는 부동산 회사더라고. 내가 오해했나 보다 했어. 그런데 오전이야. 신랑이 출근한 뒤에 혹시 해서 그놈 서재에 있는 명함철을 뒤져봤다! SH 컨설팅회사 명함이 있더라고! 그런데 그 회사 대표자 이름이 '조희자'라는 여자 이름인 거야! 집주소도 있는데 우리 집에서 그리 멀지 않은 아파트야! 이거야. 볼래?"

그녀는 핸드폰을 열어서 명함 사진을 보여주었다.

"그렇다고 애인 관계로 단정할 수는 없잖아."

나는 사진을 자세히 들여다보았다.

"나도 처음에는 그렇게 생각했어. 신랑하고 호텔에서 나온 그 여자가 맞는지도 모르고. 그래서 부동산 물건을 찾는 사람인 것처럼 하고 영애하고 둘이 그 여자가 있는 컨설팅 사무실에 갔다. 그랬더니 영애가 보고는 신랑하고 같이 호텔에서 나오던 그 여자가 맞는다고 눈짓하잖아."

목이 타는지 그녀는 커피를 한 모금 마시고는 다시 말한다.

"그리고 어제 일요일이야. 수정이 데리고 오랜만에 롯데월드에 놀러 가자고 말했지. 그놈이 어떻게 나오나 보려고 일부러 그런 거야. 아니나 달라? 친구하고 골프 치러 가기로 했다고 그러면서 나갈 준비를 하잖아!"

그녀는 다시 내 표정을 슬쩍 보고는 말을 이었다.

"그래서 영애한테 그 여자 아파트 주소를 대주면서 그 집 앞에 가 있어 보라고 그랬지. 그랬더니 내 예감이 맞아! 신랑이 그년 집으로 들어가더라는 거야! 부아가 나서 도저히 참을 수가 없더라고! 그래서 영애하고 둘이 그년 집으로 쫓아 들어갔어! 그래서, '이런 추태나 보이려고 나를 달달 볶았어!'하고 소리 지르면서 테이블 위에 있는 거 보이는 대로 다 집어 던졌어! 얌전한 사람 화나면 무서운 거 알잖아? 그런데 그년이 나를 노려보기에 잘됐다 싶어서 그년 머리채를 잡고 흔드니까 그놈이 내 팔을 잡고 나를 밀치잖아!"

그녀는 이내 흐느끼기 시작했다.

신랑이 다른 여자를 사귀고 있었다니 놀랍고 화가 났다. 지혜 씨를 대하는 신랑의 태도가 어른답지 못하고 때로는 비이성적으로 보일 때도 많았다. 그렇지만 나는 신랑의 속마음은 그게 아닐 거라며 지혜 씨를 달래서 신랑에게로 돌아가게 해주었었다. 그런데 다른 여자를 사귀고 있었다니 내가 뒤통수를 얻어맞은 기분이고, 둘이 잘 살기를 바라던 노력 모두가 나를 비웃고 조롱하는 것만 같았다. 그녀가 신랑 때문에 속상해서 훌쩍이고 불안해해도 그녀의 말은 건성으로 받아들이며 신랑을 이해해주라고만 밀어붙였던 나의 보수적인 방식이 너무 고지식했던 것 같아서 후회되고 그녀에게 미안하기도 했다.

엄밀히 따지면 나도 유부녀를 만나고 있는, 떳떳하지는 못한 위치에 있다. 하지만 나의 경우는 지혜 씨를 만나는 그 목적이 남들과는 다르다고 할 수 있다. 지혜 씨가 집에서 평범하게 만이라도 자신의 자리에 서서 당당하고 자유롭게 살고 있다면 나는 그녀를 만나지 않을 것이다. 그녀도 나에게 오지 않을 것이다. 신랑이 속상하게 하니까 그녀는 집을 나오게 되고 길거리를 배회하고, 그러다 최후의 도피처로 나에게 오는 것이다. 그리고 그런 그녀를 나는 위로하고 달래서 신랑에게로 돌아가도록 해준다. 그런 순수한

마음에 긍정적인 목적으로 그녀와 나는 만난다.

“그동안 참고 살아온 게 너무 억울해.”

그녀가 다시 훌쩍거렸다.

기분이 착잡해진다. 이번 일을 그녀가 어떻게 대응하고 넘겨야 할까? 얼른 말이 나오지 않는다. 신랑을 이해해주라고 더는 말해주고 싶지 않았다. 그렇다고 그녀가 이혼까지 간다는 것은 나로서는 성급해 보인다. 결혼이나 이혼은 한 인간의 생에 있어서 생사와도 같은 중요한 일이다. 그런 일을 그 누구도 쉽게 생각하고 처리해서는 안 된다.

“미안해. 자꾸 서준 씨 귀찮게 해서.”

내가 말없이 있자 그녀가 목이 잠긴 소리로 말했다.

“아냐, 그런 위험한 일을 혼자 고민하고 있을 수는 없지.”

“어디 가서 하소연이라도 했으면 속이 풀리겠는데… 남들한테는 말하기도 창피하잖아. 그래서 서준 씨한테 온 거야. 서준 씨는 내가 그놈 때문에 얼마나 속상하고 힘들게 살고 있는지 다 알잖아.”

그녀의 목소리가 작아졌다. 눈물이 지나간 초췌해진 얼굴은 피로하고 지친 기색이 역력했다. 저러다가 병이라도 날까 봐 걱정되었다.

“지혜 씨? 우선 침대에 가서 좀 쉬어.”

조금이라도 쉬어야 몸과 마음에 안정을 찾고 흥분을 가라앉힐 수 있을 것 같았다.

"알았어."

그녀는 나의 말을 기다리고 있었는지 휘청거리듯 일어서서 침대로 가더니 연체동물처럼 쓰러졌다. 나는 가벼운 이불을 덮어주고 침대에 걸터앉아서 눈을 감고 있는 그녀의 얼굴을 가만히 내려다보았다. 생각하는 거나 마음 씀씀이 모두가 착하고 사랑스럽기만 한 그녀인데 결혼생활은 왜 그렇게 힘이 드는지 안타까웠다.

*

"서준 씨?"

잠을 자듯 눈을 감고 있던 그녀가 눈을 떠서 나를 보았다. 차분해진 목소리로 보아서 기분이 어느 정도는 안정된 것 같았다. 나는 그녀를 가만히 내려다보았다.

"서준 씨는 나를 어떻게 생각해?"

의외의 질문에 나는 무슨 뜻인가 하고 있다가,

"예쁘고 능력 있고, 칭찬할 게 한두 가지 아니야. 한마디로 완벽한 여자야. 이 말밖에는 달리 표현할 수가 없어."

하고 말했다.

"아니, 그런 말 말고."

"그럼 무슨 말?"

내 입이 미소로 살며시 벌어졌다.

"나, 좋으냐고."

"그럼. 당연히 좋지."

나는 그녀를 가만히 안아주었다.

"그런데 왜 나하고 같이 살자는 말을 한 번도 안 해?"

"글쎄…."

생각지도 못하던 말이었다.

"이혼하고 나하고 살자. 그런 말 하면 안 돼? 그러면 나는 더 힘이 나잖아."

"그런 말 한다는 게 쉬운 일이 아니야."

나는 그녀를 이불째 감싸 안고 등을 도닥여주었다. 나는 책임지지 못 할 말이나, 그녀가 신랑에게 더욱 당당해지고 힘을 얻는 그런 말은 해주어서는 안 된다고 생각한다. 그녀에게는 힘이 될지 모르지만 그런 힘이 신랑과의 균형을 이루어서 부부간의 긴장이 평행선을 이룰 수도 있어서다.

"왜, 쉬운 일이 아니야?"

호기심 가득한 그녀의 잔잔한 눈이 가만히 올려다본다.

"현실은 영화나 소설이 아니잖아."

통속적인 말이지만 그녀가 진지하게 받아들였으면 했다. 그녀가 듣고 싶어 하는 말을 해줄 수 없는 사실이 아쉽기도 했다.

"하지만 우리는 소설 같은 사랑을 하고 있잖아."

"그런가?"

그녀의 말에 내 입이 다시 미소로 벌어졌다. 하지만 마음은 이내 쓸쓸해졌다. 나는 그녀를 가만히 내려다보다가 차분하게 말을 꺼냈다.

"지혜 씨! 지혜 씨를 처음 만났을 때 나는 지혜 씨만 허락한다면 결혼하겠다는 각오까지 했었어. 지혜 씨보다 더 예쁜 여자도, 돈이 더 많은 여자도 필요 없고 오직 지혜 씨밖에 안 보였어. 그런 내 마음은 지금도 마찬가지야. 하지만…."

"…."

그녀는 내 말을 들으려는 듯 가만히 있었다.

"지혜 씨는 이미 결혼했어. 지혜 씨가 마음에 든다고 해서 이미 결혼한 여자한테 나하고 살자는 말을 할 수는 없어. 솔직히 말하면 나는 지금 이렇게 지혜 씨를 만나는 것도 죄책감이 들고 불안해."

"…."

"다시 말할게. 지혜 씨가 미혼이거나 이혼한 여자라면 나는 당장이라도 결혼하자고 말할 거야. 하지만 신랑이 있는 지혜 씨에게 그런 말을 할 수는 없어. '이혼하고 나에게로 오라.' 또는 '이혼했으면 좋겠는데.' 하는 정도의 유도성 발언도 이혼을 부추기게 될 수 있기에 해서는 안 된다고 생각해. 이뿐이? 내 마음 이해할 수 있겠지?"

너무 단호하고 경직된 말 같아서 나는 장난스럽게 마무리하며 미소를 지었다.

"아니!"

"아니라고? 하하-"

의외의 대답이 놀랍기도 하고 그녀가 새삼 귀엽기도 했다.

"누가 이혼하라고 해서 이혼하고 이혼하지 말라고 해서 이혼하지 않고, 나는 그러지는 않아. 그런 줏대 없는 여자가 아니야! 결혼이 장난인가?"

나는 고개를 끄덕였다. 그녀가 다시 말했다.

"신랑이 잘해줘 봐. 아무리 마음에 드는 사람이 같이 살자고 해도 흔들리지 않아. 지조라는 말은 여자 때문에 생겨난 거야!"

"그래, 맞아."

"애인 생겨서 둘이 잘 맞고 서로 좋으면 맞지 않는 사람하고는 이혼하고 재혼할 수도 있는 거지, 왜 덜컹거리면서도 붙어서 같이 가? 난 그렇게 생각해."

그녀의 거침없는 말이 우습기도 했으나 그건 아니라고 단정적으로 말할 수도 없었다. 다만 우리는 과연 본능만을 따라서 움직일 수 있을까 하는 그 문제는 머릿속에서 돌아다닌다.

그런데 그때, 그동안 그녀를 대했던 나의 말과 행동에 모순이 있었던 것은 아닐까 해서 정신이 번쩍 든다. 그녀가 신랑과 싸우고 속상해서 올 때마다 신랑에게로 돌아가라고 말하면서도 나는 그녀를 보고 싶어 했고, 그녀가 오면 반갑게 맞았다. 그녀를 데리고 들로 산으로 놀러 다니며 즐거워했고 섹스도 했다. 그것은, 말로는 신랑과 잘 살기를 바란다고 하면서도 행동으로는 그녀의 마음을 들뜨게 해왔던 것은 아닐까? '이혼하고 나에게로 와라!' 그런 말은 하지 않았더라도 행동은 결과적으로는 그녀가 이혼하고 나에게로 오기를 바라는 그런 이기적인 모습을 보여온 것은 아닐까? 위선적인 나를 보는 듯해서 섬뜩해졌다.

그녀가 다시 말했다.

"사랑이 있다고 해서 사랑 열차를 탔어! 그런데 사랑이 없는 거야! 그러면 갈아타야지! 사랑이 없는데 왜 텅 빈 의자에 버려진 인형처럼 혼자 오도카니 앉아 있어? 난 과감히 갈아탈 거야!"

나는 그녀의 말을 가만히 듣고만 있었다. 그녀의 말이 사춘기 소녀나 철부지가 하는 속없는 말 같이도 들려서 미소가 생기기도 했지만, 그렇게 말하는 그녀를 이해할 수는 있었다. 나도 내 인생을 사랑도 없는 목석같은 여자한테 얽매여서 사랑에 굶주린 퀭한 눈으로 평생을 사는 존재는 되고 싶지 않다. 사랑에 배신당하게 되면 나도 지금 그녀처럼 말했을 것이다.

하지만 나는, 우리 인간에게는 우리를 인간답게 하는 하나의 기준과 질서가 있다는 것을 염두에 둔다. 한번 결혼해서 보금자리를 꾸린 그것은 내가 생명을 얻은 것과 같이 자연이 나에게 부여한 단 한 번의 고마운 기회를 향유 하는 것이다. 그러기에 우리는 그 의무에 최선을 다해서 책임을 져야 할 것이다. 신중하지 못하고 덜컹 이혼하고 또 결혼하고, 그건 아니라는 생각이다.

*

"좋아하는 사람하고 서로 아껴주고 사랑만 하면서 살 수 있으면 얼마나 좋겠어."

내가 혼잣말로 말했다.

"그렇게 만들어야지. 누가 만들어 주나?"

그녀가 꾸짖듯 얼른 대꾸했다.

"아하! 그렇기는 해."

"신랑이 폭군처럼 굴어도 기혼이라는 이유로 붙어살아야 한다는 통념은 조선 시대에 여자에게 씌웠던 멍에야."

"잘못 채워진 단추는 풀었다가 다시 채워야지. 하지만 이혼은 불행한 거야. 새로운 둥지를 틀지 못하거나 틀었다고 하더라도 불행한 사랑의 재탕이 될 수 있어. 이혼하고 얼마간은 잘했다고 생각하겠지. 짐을 내려놓고 구속에서 해방되니까 말이야. 하지만 그 해방감이나 홀가분함은 잠깐일 뿐이고 몇 년 지나면 고독하고 외로워서 방황하게 될 거야. 사는 보람도 없어서 삶 그 자체가 무의미해질 거라고."

그녀는 말없이 내 말을 듣는 듯 있었다.

"다시 말할게. 누군가에게든 내가 필요한 존재가 될 때 그게 살아갈 수 있는 이유고 존재감이고 긍지이기도 해. 배우자 간에는 서로가 그런 관계야. 사랑을 줄 사람이 있는 것만큼 행복한 것은 없다고 지혜 씨도 말했잖아. 옳은 말이야."

"알았어."

그녀가 체념하듯이 대답했다. 내가 다시 말했다.

"혼자 사는 것을 자랑 인양 말하는 사람도 있어. 하지만 그것은 평범한 사람 정도도 되지 못한, 출발도 하지 못한 자기를 위로하고 외로움이나 무능을 감추기 위한 서글픈 변명일 뿐이야. 나는 그렇게 생각해."

"알았어. 더는 서준 씨한테 매달리지 않을게."

그녀가 서운한 듯이 말했다.

"아니, 그런 뜻으로 말한 게 아니야."

그녀가 오해하는 것 같아서 내가 당황스러웠다. 내가 다시 말했다.

"지혜 씨가 없었다면 내 인생은 무미건조하고 삭막했을 거야. 그 정도로 나의 삶이나 꿈은 지혜 씨로 채워져 있어. 그러나 현실과 꿈은 구분할 줄 알아야 하잖아. 솔직히 말하면 나는 그동안 지혜 씨를 만나는 일에 죄책감이 들고 지혜 씨 신랑에게도 미안하고 그랬어."

그녀가 서운해할 말이라는 생각이 들기는 했으나 이제라도 분명하게 말해주어서 그녀가 흔들리거나 방향을 잃지 않도록 해주고 싶었다.

"만나지 않아도 괜찮아. 보고 싶어도 나는 참을 수 있어. 부담 갖지 마."

그녀가 나를 보며 미소 지었다. 하얗게 굳어있는 표정에 어색하게 번지는 보여주기 위한 그 미소가 내 마음을 싸하고 저리게 했다. 그녀와 만나지 않는다면 내가 더 힘이 들 것이다. 하지만, 그녀와 나는 언젠가는 쓸쓸히 돌아서야 할 운명이다. 상처가 깊어지기 전에, 이성이 남아있을 때 용기 있게 불편한 사랑을 끝내고 자기 본래의 위치로 돌아갈 줄도 알아야 한다.

때가 온 것 같다. 더는 머뭇거리면 안 된다. 그녀의 가정이 파국을 맞기 전에 내가 얼른 비켜 주어야 한다.

"미안해. 내 마음 이해해 줘."

내가 차분히 말했다. 그만 만나자는 의미를 실었다.

"이제 그런 말은 그만하자."

그녀가 조용히 말하고는 입을 다물었다. 그녀가 안 되어 보여서 깊이 안아주고 싶었으나 그런 행동이 이제는 어려워졌다.

"하늘 좀 봐봐, 참 맑다."

그녀가 화제를 돌리려는 듯이 거실 창밖으로 고개를 돌렸다. 아무 감정 없이 나도 창밖을 내다보았다. 전형적인 둥글고 파란 가을 하늘이 있었다. 이제 막 물속에서 건져 올린 수정처럼 맑은 가을 하늘.

그녀가 가만히 몸을 일으켰다. 그러더니 거실 창문으로 가서 먼 하늘을 내다보며 섰다. 항상 참새처럼 조잘거리며 재미있는 이야기를 잘해주던 그녀였기에, 생기와 흥미를 잃어버린 듯 처연한 모습으로 서 있는 그녀의 침묵이 나를 우울하게 했다.

몸을 일으킨 나도 그녀의 곁으로 가서 창가에 섰다. 골목은 사람 하나 없이 한적했는데 앞집 개나리 나무의 앙상한 울타리에서는 이름을 알 수 없는 작은 새들이 맨땅으로 낙엽처럼 내려앉았다.

"지혜 씨, 지금 무슨 생각해?"

그녀의 침묵을 깨뜨려 주든가 아니면 나도 그녀의 침묵 속에 잠기든가 하고 싶었다.

"LA에 가고 싶다."

그녀는 오빠가 LA에 산다고 말했었다.

잠자리 한 마리가 날갯짓도 없이 둥둥 떠서 날아오더니 길가에서 자라고 있는 망초꽃 위에 앉았다. 그놈도 날아다니느라고 피곤한지 마치 헬리콥터의 프로펠러가 정지할 때 아래로 쳐지듯이 앉자마자 날개를 늘어뜨렸다.

한동안 말없이 있던 그녀가 '사랑을 위하여'라는 노래를 조용히 부르기 시작했다.

'이른 아침에 잠에서 깨어나 너를 바라볼 수 있다면

물안개 피는 강가에 서서 작은 미소로 너를 부르리.

하루를 살아도 행복할 수 있다면 나는 그 길을 택하고 싶다.'

그녀의 노랫말이 내 마음을 더욱 우울하게 했다.

"이제 가야겠다."

그녀가 노래를 중단하고 말했다.

"지혜 씨, 미안해."

그 말밖에 다른 말이, 하고 싶은 말이 나오지 않았다.

"내가 미안하지 뭐."

그녀는 내 얼굴을 익혀두기라도 하려는 듯 가만히 보았다. 나는 그녀에게 다가서며 키스했다. 내 입에서는 금방이라도 '지혜 씨 사랑해. 우리 결혼해.'라는 말이 튀어나올 것만 같았다. 다른 때 같으면 장난으로라도 그런 말을 했을지 모른다. 하지만 지금은 그런 농담을 할 수가 없었다. 지금 내가 그녀에게 해줄 수 있는 말은 '행복해!' 아니면 '신랑하고 잘 살아.'라는 말이어야 했다.

"이제 갈게. 안녕, 행복하세요~."

그녀가 현관문 쪽으로 갔다. 나는 몇 걸음 그녀를 따라갔다.

"나오지 마."

그녀가 미소를 지었으나 그 미소는 이내 육중하게 보이는 현관문이 가로막았다. 잠시 가만히 서 있던 나는 베란다로 가서 유리창을 통해 밖을 내다보았다. 집 모퉁이를 돌아서 그녀의 모습이 나타났다. 당장이라도 '지혜 씨!'하고 불러서 걸음을 멈추게 하고 싶었다.

그녀는 골목길이 꺾어지는 곳에 가서 나를 잠깐 돌아보더니 소녀처럼 머리 위에까지 손을 들어서 흔들어주고는 골목 안으로 사라졌다. 골목 담장에서는 그녀가 좋아하던 분홍색 장미꽃이 눈싸움하려는 듯 나를 빤히 보고 있었다. 나는 골목에서 시선을 끊지 못하고 노려보듯 있었다. 금방이라도 그녀가 고개를 내밀어서 '서준 씨! 이제 장난은 그만하자!'하고 환하게 웃으며 달려올 것만 같았다. 하지만 낯설게만 보이는 공허가 점점 메워지며 내 눈에 눈물을 고이게 했다.

8. 운명은 연극처럼 온다

활기로 가득하던 거리도 눈부시던 햇살도 기력을 잃고 서서히 꺾여가고 있었다. 아침저녁으로 불어오는 바람은 섬뜩하기까지 해서 겨울이 가까이에 와 있음을 피부로도 느끼게 해준다.

나를 따라다니며 반겨주던 오피스텔 뒷산의 까치들도 월동준비를 하려는지 우는 소리도 없어졌고 활동하는 것도 뜸했다. 까치가 사는 것을 관심 있게 보면 그들의 삶이 얼마나 바쁘고 힘이 드는지, 그리고 일 년이 얼마나 금세 지나가는지 알 수 있다.

먹을 것이 없는 겨울에 그들은 바짝 말라 있다. 기력 없이 보이는 두 눈만 반짝이며 먹을 것을 찾아서 쌓여있는 눈을 헤치고 낙엽을 들추어본다. 그런 지친 모습을 보면 그들이 얼마나 힘겹게 하루하루를 견디며 봄을 기다리는지 알 수 있다.

그렇게 겨울을 이겨낸 그들은 파랗게 봄이 와서 풀을 뜯어 먹은 후에야 깃털에 윤기가 나고 생기가 돌며 사뿐사뿐 날아다닌다. 하지만 그때부터 그들은 또 바쁘게 하늘을 난다. 하루에도 수십 번씩 나뭇가지를 물어다 집을 짓고 짝을 찾아서 알을 낳고 품어서 부화시킨다. 그리고 먹이를 구해서 새끼를 기르고 독립해서 살 수 있도록 날갯짓을 가르치고, 그러다 보면 그들 앞에는 어느새 다시 가을이 와있다. 그리고 그 힘든 겨울을 다시 맞이해야 한다. 그들의 생은 오직 새끼를 낳아 기르기 위한 과정으로 사는 것 같다.

문득문득, 그녀가 생각난다. 그녀는 지금 무엇을 하고 있는지 즐겁게 잘 지내고 있는지 궁금해진다. 길을 걷거나 밥을 먹을 때 또는 잠자리에 들어가 있을 때도 그녀를 생각하며 혼자 미소 지을 때가 많다. 그녀는 웃음보따리고 이야기보따리여서다.

생각하면 할수록, 그녀를 만나고 사랑하고 헤어진 그 궤도는 동화 속의 한 장면 같다. 혼자 외롭게 깊은 산속을 거니는데 큰 나무 사이에서 불쑥 나타난 미녀가 나에게 다가와서 이야기를 들려주고 사랑을 열어주고 그러다 홀연히 사라진, 그런 꿈만 같다.

그녀는 많은 관중의 열광하는 시선을 받으며 무대 위에서 춤을 추는 귀엽고 아름다운 댄서다. 추상적이고 화려한 무늬의 짧고도 가벼운 치마를 입고 흥겹고 빠른 박자에 맞추어서 관능적인 춤을 추는 댄서, 귀엽고 명랑한 그녀이기에 그런 영상으로 내 머릿속에

각인되어 있다.

언젠가 막바지에 이른 겨울이었다. 그래도 봄이 오기에는 아직 이른 2월, 그녀와 나는 안양천 가의 자전거도로에 놀러 갔었다. 둑 아래의 개울가에는 누렇게 퇴색된 마른 갈대가 무성했는데 그 속에서 잔디와 클로버의 새싹이 파릇파릇 돋아나고 있었다.

'잠깐 있어 봐.'

그녀가 갑자기 축대 밑으로 내려갔다. 그녀가 가는 곳을 바라보던 내 입에서 나도 모르게 '야-'하는 탄성이 흘러나왔다. 축대로 쌓은 돌 틈에 작으면서도 하얀 꽃이 소복하게 피어있어서다. 마치 다이아몬드 가루를 한 움큼 뿌려놓은 것 같았다.

'예쁘다!'

나도 축대를 내려가서 그녀 옆에 쪼그리고 앉아 꽃을 들여다보았다.

지금 느닷없이 왜 그때의 일이 머릿속에 떠올랐을까. 그 궁금증은 금세 풀렸다. 그녀는 봄이기 때문이다. 얼어붙은 세상에다 풀무처럼 생기와 활력을 불어넣어 주는 봄, 졸졸거리며 흐르는 시냇물처럼 지루하지 않게 이야기를 들려주고 익살스러운 화술로 웃음을 자아내게 하는 그녀는 봄이기 때문이다.

한 번은 내가 농담으로 이런 말을 했었다.

'지혜 씨? 우리 이야기를 소설로 쓸까?'

나는 그녀의 반응에 신경 썼다.

'그래! 써! 써!'

내 말이 떨어지기가 무섭게 그녀는 바짝 다가앉으며 좋아했다.

'뭐라고 쓸까?'

재미있겠다 싶으면서 우습기도 했다.

'지혜와 서준이는 오랫동안 찾아 헤매던 짝을 만난 것처럼 사랑하며 행복하게 살다가 같은 날 같은 시각에 죽었다. 그래서 둘은 한 무덤에 들어가서 영원히 잠들었다. 그렇게 써.'

그녀는 마치 외우고 있었던 것처럼 술술 말했다.

언제인가 그녀는 나에게 이광수의 『사랑』이라는 소설을 읽은 적이 있느냐고 물은 적이 있었다. 오래전에 읽은 소설이지만 나는 읽지 않았다고 말했다. 그러자 그녀는 그 소설의 한 부분을 설명해주었다.

'신랑의 구박과 무능으로 부인이 집을 나갔어. 그런데 집을 나가면서 갈아입은 분홍색 저고리와 옥색 치마를 3층 장 서랍을 조금 빼고 넣어놓았는데 그 저고리 동정에 묻은 고운 때를 보고 부인을 그리워하면서 그 옷을 가슴에 안아보기도 하고 코에 대고 부인의 체취를 맡아보기도 했다.'라는 부분이었다. 그렇게 말하며

'소설은 그렇게 써야 해.'라고 했다.

그녀는 시인이다. 아름답고 심오한 감성을 지닌 시인, 시가 있는 한 나는 그녀를 잊을 수가 없다.

나는 그동안 여자는 단순하게만 생각하고 있었다. 능력에는 한계가 있고 오직 사랑만이 있으며 사랑해 주고 보호해주어야 할 그 정도의 수동적인 존재로만 생각하고 있었다. 그런데 그녀를 알고 나서 여자의 본능 속에는 준비된 다방면의 잠재력이 있다는 것을 알았다. 남자가 따라갈 수 없는 생활의 지혜가 있고, 사랑하는 사람을 위해서는 물불을 가리지 않는 용기도 있고 빠른 판단력이 있다는 것을 알았다.

얼마 전, 버스를 타고 시골에 내려갈 때의 일이다. 무심코 차창 밖을 내다보는데 산을 빼곡히 뒤덮고 있던 소나무와 전나무 등의 침엽 상록수 모두의 잎들이 갑자기 바래진 색으로 늘어져서 시들시들 죽어가고 있었다. 처음에는 어떤 병해충으로 인해서 그곳에 있는 나무만 죽는 줄 알았는데 지나가면서 보니 다른 산에 있는 나무들까지도 모두 죽어가고 있었다.

나무들뿐만이 아니었다. 도롯가 화단에 길게 심어놓은 꽃양배추도 겨울 국화도 마치 방사능에 노출된 것처럼 늘어져서 죽어가고 있었다.

뭔가 이상했다. 산과 화단에 가꾸어 놓은 저 많은 나무와 꽃들이 왜 갑자기 죽어가는 것일까. 환시일까? 아니면 시기적으로 지금 죽어가는 것이 맞는 것일까. 도저히 이해되지 않았다. 가을이라고 해서 상록수들이 단풍 드는 것을 나는 듣도 보도 못했다.

인식에 혼란이 와서 머릿속이 띵했다. 재앙으로 이 세상의 종말을 보는 것 같아서 순간적으로 눈앞이 캄캄해지기도 했다. 조금 후 나는 그 수수께끼를 풀었다. 사랑하던 사람과 헤어지면 그런 순간이 온다는 것을.

어디론가 훌쩍 떠나고 싶다. 아는 사람이 아무도 없는 낯선 곳에 가서 혼탁해진 머릿속을 정화하고 어린아이의 순수함으로 다시 와서 새롭게 출발하고 싶다.

*

세상이 꽁꽁 얼어붙었다. 따끔한 추위가 한동안 계속되더니 오후가 되자 눈이 내리기 시작했다. 첫눈치고는 풍성하게 내리는 함박눈이어서 잠깐 사이에 가로수는 물론 희미하게 보이는 먼 산 모두가 온통 쏟아지는 흰 눈으로 뒤덮였다.

며칠 후, 고양이의 졸린 눈처럼 햇살이 따듯하던 날, 나는 커다란 보따리를 들고 노량진 수산시장에서 장사하고 있는 형님네 가게를 찾아갔다. 왜 그럴까? 무슨 이유인지는 모르지만 내 주변을 정리하고 어디로든 떠나버리자는 방랑자 같은 충동이 자꾸만 나를 조급하게 했다.

형님네 가게는 생선 냄새가 물씬 풍기는 노량진 수산시장 안을 중간쯤 들어가면 있었다.

"삼촌 오셨네. 이리 와요. 추운데."

시장의 높은 천장에까지 울리는 웅성거리는 소음 속에서도 형수의 목소리는 또렷하게 들린다. 형수라고는 하지만 아직 젊다. 그런데도 야무지고 생활력이 강하고 억척이다. 지금도 형수는 빨간색 비닐로 된 앞치마를 두르고 오래된 낡은 귀 달이 털모자를 쓰고 장화를 신고 있다. 얼굴의 감각을 둔하게 만드는 겨울바람을 고스란히 맞으며 장사하는 형수와 그 주변의 상인들, 이 추운 겨울을 보낼 그들이 걱정된다.

"그릇을 가지고 왔어요."

나는 보따리를 가게 문지방 안에다 내려놓았다. 그동안 나에게 반찬을 담아주고 음식을 싸주고 했던 그릇과 가방과 보자기들이다. 형수님이 자주 사용해야 하는 것들이기에 진작 갖다주려고 했었는데 하루하루 미루다가 아예 잊고 있었다.

"추운데 이런 걸 들고 오네."

형수는 보따리를 안쪽으로 옮겨놓고 온풍기를 내 앞으로 돌려놓았다.

"형님은 어디 가셨어요?"

수족관 속에서는 광어, 낙지, 장어 등의 고기들이 출렁이는 차가운 물을 피하려는 듯 바닥에 납작 엎드려있었다.

"저기 2층 식당에 있는데. 거기 가서 같이 식사해요."

유난히 잔정이 많고 후덕하기도 해서 나만 보면 무엇이든지 챙겨주려고 하는 형수다. 지혜 씨를 처음 만난 그날도 형수가 챙겨주신 반찬을 가지고 가다가 노량진역 앞의 버스정류장에서였고, 반찬이 쏟아져서 그녀와 대화가 시작된 것이다.

"미국에 갈 일이 있어서 일주일 정도 갔다 오려고 그래요."

왜 미국이라는 말이 나왔을까. 미국으로 갈지 북유럽으로 갈지 아직 계획은 세우지 않은 상대인데.

"미국은 왜요?"

"견학할 것도 있고 친구도 만나보려고요."

친구를 만나려는 계획도 없는데 친구라는 말까지 나왔다.

"저, 왔다 갔다고 형님한테 전해주세요."

형님을 만나면 말이 길어지기에 나는 형수만 보고 시장을 나왔다.

수산 시장에서 노량진으로 나오는 구름다리 위에는 언제나 많은 사람이 오가고 있었다. 좌판대에 물건을 펼쳐놓고 장사하는 상인들도 줄줄이 있었는데 그래선지 그곳도 시장처럼 생동감이 넘친다. 웅크리고 앉아 있는 상인들의 머리 위로 떨어지는 햇살도 따듯했다.

천천히 걸으며, 나는 좌판대에 놓여있는 소형 오디오와 잭나이프를 구경했다. 관능적인 몸짓의 외국 여자가 표지로 되어 있는 CD 등도 흘깃거렸다. 점술가로 보이는 60대의 할머니가 방석을 깔고 앉아 있었는데 그녀의 앞에는 토정비결 등의 역서가 펼쳐져 있었다. '나의 신년은 어떻게 다가올까? 저 점술가는 정말 나의 새해 운수를 알 수 있다는 말인가.' 그날따라 나의 신년 운수가 궁금해진다.

"안녕하세요?"

우울증 환자처럼 무기력해서 서성이던 나의 뒤에서 들려오는 소리, 나는 고개를 돌렸다. 뜻밖에도 지혜 씨의 단짝 친구이던 영애 씨였다. 정신이 번쩍 들었다. 지혜 씨와 함께 횟집에도 갔었고 나이트클럽에도 갔었기 때문에 서먹함이 없었다.

"아! 네, 오랜만입니다."

이런 곳에서 느닷없이 그녀를 만나다니 창피하고 계면쩍기도 했다.

"여긴 어쩐 일이세요?"

그녀가 이상하다는 듯이 나를 본다.

"저는 여기 가끔 와요. 형님이 이 시장에서 장사하고 계시거든요.”

웃어 보이며 나는 형님 핑계를 댔다.

“그러세요? 저도 이 시장에 자주 와요.”

그녀도 미소를 지으며 손에 들고 있던 시장바구니를 들어 보였다.

“아하, 맞아요. 노량진에 사신다고 하셨지요.”

어느새 친밀감이 살아나고 쑥스러움도 없어졌다. 동창생들끼리 무주로 놀러 갔을 때 가슴이 제일 큰 상을 탔다는 지혜 씨의 말이 생각났다. 왈가닥이고 깡패라는 말도 생각나서 미소가 더해졌다. 나는 그녀와 같이 노량진 쪽으로 걸음을 옮겼다. 지혜 씨가 궁금해졌다. 안부를 물어볼까? 하지만 그만두었다. 신랑이 있는 여자의 안부를 남에게 묻기는 어려웠다. 그런데 그녀가 무슨 말을 하려는 듯 망설이더니,

“지혜 소식 아시지요?” 하고 지혜 씨 얘기를 먼저 꺼냈다.

“지혜 씨 소식이라뇨?”

지혜 씨에게 무슨 일이 있다는 말처럼 들려서 신경이 곤두섰다.

“지혜 이혼했는데 그거 아세요?”

“이혼이요? 저는 전혀….”

이혼할 것이라던 말은 있었으나 지혜 씨가 속상할 때마다 들먹이던 말인데다가 이혼한다는 게 그렇게 쉬운가, 하면서 흘려버

렸었다.

"어머! 그러세요?"

그녀가 의아하다는 듯이 눈을 동그랗게 뜬다.

"네, 지혜 씨 만난 지가 벌써 여러 달 됐어요."

"그래요. 왜요?"

"특별한 일은 없고… 자주 만나서도 안 되잖아요."

그녀는 내 말을 생각해보듯 가만히 있었다. 내가 다시 말했다.

"이혼은 왜 했지요?"

이혼을 정말 했는지, 그리고 그 이유는 무엇인지 알고 싶었다.

"신랑이 지혜 속을 무척이나 썩였잖아요. 그러더니 다른 여자를 사귀고 있더라고요."

"네-."

나는 고개를 끄덕였다. 무슨 이유이건 어떤 관계이건 이별이라는 단어를 사용해야 하는 존재는 슬프다. 하지만 이별을 해야 할 사람이 이별하지 못하는 것 또한 불행한 일이다.

"그럼 LA에 간 것도 모르시겠네요?"

"LA에 갔습니까?"

"이혼하고 바로 갔어요."

"그래요?"

인간의 무의식 속에 들어있는 육감은 영험한 것 같다. 언젠가 지혜 씨는 LA에 가고 싶다고 말했었다. 그리고 나는 방금 형수에게 미국에 갈 거라고, 한술 더 떠서 친구를 만날 거라는 말까지 나도 모르게 입 밖으로 나왔었다.

마지막으로 만나던 날 지혜 씨가 들려주었던 부부 관과 사랑관, 속상해하며 절규처럼 들려주던 그 말들이 한꺼번에 귓가에 들려왔다. 사랑 열차를 갈아탈 거라며 눈물을 글썽이던 그녀의 모습도 나의 콧잔등을 시큰하게 했다.

지혜 씨가 미국으로 갔다는 말은 나에게 텅 빈 세상, 뜨거운 사막 한복판에 서 있는 듯한 공포를 느끼게 했다. 그랬다. 지혜 씨와 만나지는 않고 있었지만 그래도 그녀가 내 주변 가까이에 있다는 사실만으로도 나는 위안받고 마음이 안정되어 있었다. 그러기에 그녀가 LA로 갔다는 소식은 나의 눈앞을 캄캄하게 했다. 그녀는 이제 머리카락조차도 볼 수 없는 어둠 속 저쪽으로 멀리 가버린 것이다.

그런 큰일이 있었는데도 나에게 전화 한 통 하지 못하고 LA로 가야 했던 그녀의 외로움을 알 수 있어서 더욱 속이 상했다. 우리는 만나서는 안 된다고 떠벌렸던 나의 말도 염치없게 만들었다.

"신랑은 그럼 그 여자하고 결혼해서 살고 있습니까?"

어수선한 기분인데도 그 점은 궁금했다.

"그 여자하고도 또 헤어졌다고 하더라고요."

"그래요?"

서너 달밖에 되지 않았는데 또 헤어지다니?

"지혜니까 견디고 있었지, 누가 그런 남자하고 살겠어요."

지혜 씨가 새삼 가여웠다. 아무도 없는 들판에 피어나서 강추위를 견디며 혼자 떨고 있는 나약한 꽃이었다. 나를 믿고 의지했던 그녀였는데 힘이 되어주지 못한 죄책감은 영원히 가셔지지 않을 것 같았다.

"지금은 그 남자 때문에 제가 귀찮아 죽겠어요."

그녀가 뜻밖의 말을 했다.

"귀찮다니요?"

"지혜 전화번호를 알려달라고 하도 그래서요."

"지혜 씨 전화번호를 그 남자가 모르고 있습니까?"

"그 사람이 자꾸 귀찮게 전화하니까 지혜가 전화번호를 바꿨어요."

"아하-, 그런데 그 남자는 이혼했으면 그만이지 왜 지혜 씨의 전화번호를 알고 싶어 하는 거죠?"

"뭔가 잘못됐는지 무척 힘든 거 같더라고요."

"힘들다니요?"

"여자가 원래 부동산에 관련된 일을 했잖아요. 살고 있던 집까지 여자가 하는 사업 쪽에 밀어 넣었는데 크게 잘못된 거 같아요."

"그래요?"

"지혜하고 이혼하기 전부터 지혜 모르게 그 일에 손을 대고 있었던 거 같아요."

그 남자가 더욱 실망스러웠고 지혜 씨가 이혼한 것이 다행스러웠다.

"지혜 씨하고 위자료 문제는 없나요?"

"그것 때문에 문제예요. 위자료 합의는 봤는데 돈 문제를 정리하지 않은 상태에서 집까지 다 날린 거 같아요. 그래서 어쩔 수 없으니까 지혜하고 다시 결합하려고 하는 거 같아요."

"그런 문제를 지혜 씨가 알아야 할 텐데요."

"제가 다 얘기해서 알고는 있어요."

나는 고개를 끄덕였다.

"지혜하고는 왜 안 만나세요? 무슨 일 있었나요?"

그녀가 다시 물었다.

"무슨 일이 있는 건 아니고…, 그러면 저도 지혜 씨의 바뀐 전화번호를 모르고 있는데 알려주실 수 있습니까?"

그녀의 호의적인 태도에 나는 염치가 없어졌다.

"그래요. 핸드폰으로 찍어드릴게요."

천천히 걸었는데도 그녀와 나는 어느새 노량진역에 이르렀다.

"저는 저쪽으로 가는데."

그녀는 장승배기 쪽으로 가는 방향의 횡단보도를 가리켰다. 그리고는 알고 싶은 게 있으면 전화하라는 말까지 남기고 계단을 내려갔다.

*

바람이 거칠게 불어와서 옷자락을 날린다. 보도에는 많은 행인이 줄을 지어서 가고 또 온다. 나는 지금 어디로 가려던 중이었을까? 어디로 가야 할지, 그리고 무엇을 해야 할지를 모를 정도로 내 머릿속은 하얗게 된 채 지혜 씨 생각으로만 가득 찼다. 그녀는 지금 어떤 상태에 있는지 무슨 생각을 하고 있는지 궁금했고, 불편하거나 힘든 일은 없는지 걱정되었다.

얼마를 걸어가던 나는 거리의 소음을 피해서 큰 건물 안으로 들어갔다. 그곳에서 나는 손에 들고 있던 핸드폰을 열어서 방금 영애 씨가 문자로 보내준 지혜 씨의 전화번호를 들여다보았다.

내가 전화하면 지혜 씨는 어떤 반응을 보일까. 나를 잊지는 않았을까? 그녀에게 전화하면 그 전화 한 통이 그녀와 나의 관계를 앞으로 또 어떻게 끌고 갈까. 하지만 나는 도리질해서 이런저런 계산을 머릿속에서 떨쳐버리고 지혜 씨의 전화번호를 눌렀다. 나중 일은 나중에 생각하자. 지금 내가 생각해야 할 것은 단 한 가지 그녀가 어떻게 지내는지, 어려움은 없는지 그 문제뿐이다.

지혜 씨에게는 아무렇지 않게 전화할 수 있을 것 같았는데 막상 그녀의 전화번호를 누르니 가슴이 두근거려졌다.

"여보세요?"

지혜 씨의 목소리가 가까이서 곧바로 들려왔다. 오랜만에 들어보는 그녀의 목소리에 감정이 울컥했다.

"지혜 씨?"

떨리는 감정을 숨기고 내가 점잖게 말했다.

"서준 씨가 웬일이야?"

이혼의 후유증을 벌써 떨쳐낸 것일까? 그녀의 목소리는 언제 무슨 일이 있었느냐고 하듯 밝고 가벼웠다. 자주 들어오던 친근한 목소리에 옛날의 추억들이 눈앞을 지나갔다.

"보고 싶어서…."

장난 반 진심 반, 미안하기도 해서 내 입에서는 말이 끝까지 나오지 않았다.

"그게 몇 프로인데요?"

예전처럼 장난스럽게 하는 그녀의 말투에 나의 조심스러움은 금세 사라지고 입은 미소로 벌어졌다.

"백 프로지."

"…."

거짓말로 생각하는지 그녀는 말이 없었다.

"LA는 언제 갔어?"

"몇 달 됐어. 그런데 내 전화번호 어떻게 알았어?"

"노량진에서 영애 씨를 만났어."

그녀는 무슨 생각에 잠긴 듯 다시 말이 없다.

"그동안 마음고생 많았겠네?"

"이제 다 지나갔어. 결혼생활이라는 게 별것도 아니고 아무것도 없는데 그렇게나 지지고 볶고 했던 거야. 쥐방울만 한 테두리 안에 갇혀서 세상이 넓다는 것을 잊고 있었던 거지."

"나한테 전화라도 한 번 하지."

"…아니야."

말이 없다가 건성으로 하듯 그녀가 대답했다. 말을 더듬듯 하는 그녀의 마음을 나는 알 수 있다. 이혼할 때나 LA에 가기 전에 그녀는 나에게 많은 문제와 진로를 의논하고 싶었을 것이다. 그리고 나를 만났으면 그녀는 LA까지는 가지 않았을지도 모른다.

"미안해. 내가 잘못했어."

"아니야. 서준 씨는 고마운 사람이야."

"여기 언제 올 거야."

"거기 안 갈 거야."

"안 와? 왜?"

그녀의 말에 나는 정신이 번쩍 들었다.

"고향이 그리워질 때가 있겠지. 기다리는 사람이 있던가. 그러면 그때 갈 거야."

나는 말없이 있었다. 이제는 나에게조차도 관심도 미련도 없다는 말 같이 들려서 서운했다.

"끊을게, 잘 지내."

내가 말이 없어선지 그녀가 말했다.

"…알았어."

당황해서 나도 모르게 대답이 나왔다. 하고 싶은 말이 너무 많기에 얼떨결에 나온 말이었다. 전화를 끊고 나자 왠지 모를 조바심이 나를 심장병 환자처럼 불안하게 했다. 그녀에게 다시 전화하지 않을 수가 없었다.

"응, 서준 씨. 왜?"

신호가 가자마자 그녀의 긴장하는 듯한 목소리가 들려왔다.

"우리 한번 만나자."

이제는 숨길 것도, 눈치 볼 것도 없었다.

"왜?"

'왜'라고 하는 그녀의 말이 서운하기도 했지만 그렇게 말할 수밖에 없는 사정을 알기에 그 말도 예쁘게 들렸다.

"할 얘기가 많아."

"무슨 얘기?"

그녀의 목소리에는 일말의 걱정이 들어 있었다.

"만나서 얘기하자. 내가 그쪽으로 갈게."

"무슨 얘긴데 그래?"

"나, 지혜 씨하고 결혼하고 싶어. 나하고 결혼해 줘!"

생각하지도 않던 말이 튀어나왔다. 하지만 내 의식의 흐름이 한 발짝 뒤처져서 미처 따라오지 못하고 입에서 먼저 불쑥 튀어나온 그 말이 후회되지는 않았다.

"결혼? 안 돼…."

그녀가 말끝을 흐렸다.

"지혜 씨? 나의 운명은 이미 정해져 있었던 거야."

그녀는 무슨 소린가 하듯 가만히 있었다.

"지혜 씨? 나하고 결혼해. 진심이야!"

결혼하자는 말이 무엇이길래 진심을 담아서 그 말을 하려니까 목소리가 떨리면서 음정도 불안정했다. 그렇기는 해도 체했던 음식이 쑥 내려가듯 후련했다. 나는 이제 확실하게 알았다. 그녀는 내 사랑이다. 그녀만 허락한다면 나는 그녀를 아내로 맞아서 이 세상의 누구보다도 아껴주고 행복하게 해줄 것이다. 그녀가 자신의 재능과 끼를 맘껏 발휘하며 화려한 인생을 살도록 문을 활짝 열어줄 것이다. 인생이 얼마나 가치 있고 남자의 사랑이 얼마나 따듯하고 든든한가를 보여줄 것이다.

"숙주나물처럼 금방 쉬는 거 아니지?"

그녀의 장난스러운 말이 나를 다시 미소 짓게 했다.

"지혜 씨하고 결혼해서 지혜 씨를 왕비 마마처럼 모시고 싶어. 그게 내 이상이고 꿈이야."

나를 믿을 수 없어선지 그녀에게서는 말이 없었다. 내가 다시 말했다.

"그쪽 집 주소 알려줘. 내가 갈게."

"정말이야?"

"정말이지."

"그럼, 여기 와서 나 데리고 갈래? 그러면 멋있을 거 같아."

역시 그녀였다. 너무 재미있어서 내 입에서는 미소가 떠나지를 못한다.

"알았어, 기다려!"

전화를 끊은 나는 용마산 저쪽으로 하늘을 올려다보았다. 구름 한 점 없이 높고 파란 나의 하늘, 그녀가 있는 LA의 하늘도 보이는 듯했다. 그리고 그 하늘 밑에서 그녀가 고개를 쳐들고 이쪽 하늘을 올려다보며 서 있었다.

〈단편〉

아빠의 꿈

바람이 살랑이며 얼굴을 부드럽게 스치고
물소리가 귓속을 간질이며 들려온다.
파란 잔디가 펼쳐져 있는 아내의 산소 앞이다.
그곳에서 딸하고 그의 신랑이 아내의 산소에
술을 한 잔 따라놓고 공손하게 절을 올리고 있다.

1

'부릉부릉!' 도로를 가득 메운 자동차의 엔진소리와 신경질적인 경적으로 도심의 낮은 더욱 따갑고 메마르다. 광대분장을 한 남녀가 신들린 사람처럼 풀쩍풀쩍 뛰며 두드리는 북소리가 지축을 흔들고, 키 큰 허수아비 풍선이 허리와 팔을 접었다 폈다 하며 춤을 춘다.

지하도 입구로는 많은 사람이 시시대며 들어가고 또 나온다. 가랑잎 밑을 빠져나가고 삭정이를 타 넘고, 자빠지고 뒹굴면서도 다시 일어나 그저 앞만 보며 가는 개미 떼들의 행렬 같다.

"이거 가져가요! 한 무더기에 천 원이야! 천 원!"

버스정류장 가까이에서 꽃무늬가 가득한 헐렁한 일바지를 입은 할머니가 지나가는 사람들을 향해 목청을 돋운다. 똬리를 튼 수건을 깔고 가로등 옆에 앉아있는 할머니의 앞에는 풋풋하게 보이는 깻잎과 상치와 호박잎이 여러 개의 바구니에 수북수북 담겨있다.

사기로 된 이빨이 빠진 탕기에는 까진 강낭콩도 흘러내릴 정도로 담겨있다.

"어느새 아침저녁으로 꽤 쌀쌀해졌어."

서용수의 머릿속에 꽁꽁 언 겨울이 떠오른다. 차가운 바람이 속옷까지 스며들고 얼굴은 갈라지듯 따가워서 문밖에 나가기조차 싫은 겨울, 그런 날에도 저 할머니는 비석처럼 저 자리에 앉아서 채소나 잡곡을 판다. 물론 겨울이면 지금보다는 단속을 더 하기는 한다. 스티로폼을 가로등주에 기대 묶어서 등 쪽에 바람막이를 만들고 무릎 앞에는 연탄 화덕을 놓는 월동준비를 하기는 한다.

지하도를 나온 서용수는 서둘러서 할머니 쪽으로 걸음을 옮긴다. 서두르기는 해도 그것은 마음일 뿐, 관절염으로 약간씩 기우뚱거리는 걸음걸이는 더디고 우습기까지 하다. 거기에다, 자그마한 키에 두툼한 주먹코, 복두꺼비 같은 그런 생김새는 젊었을 때는 복 받을 상이라는 소리를 들었으나 황혼에 들어선 지금은 더없이 측은해 보이기까지 한다.

사람은 커가면서 형성되는 성격이 그 사람의 얼굴을 닮아가고 얼굴은 또 마음을 닮아간다고 한다. 그래서일까? 서용수도 남에게 최소한의 불편도 주지 않으려 애쓰고, 웬만한 일이라면 여간해서는 화를 내지 않는 무던한 사람이다.

2

인생을 살다 보면 자녀를 둔 부모에게는 반드시 닥치게 되는 만만찮은 일이 있다. 자녀를 결혼시키는 일이다. 가난한 사람이건 부자이건, 배운 사람이건 배우지 못한 사람이건 그 일은 반드시 맞닥뜨리게 되고 또 치러야 하는 큰일 중의 큰일이다. 부모의 엄숙한 의무이며 또한 행복이기도 하다.

그런데, 부모라면 반드시 치러야 할 일임에도 불구하고 그 일은 얄궂기도 하다. 여러 가지의 커다란 조건이 따르는데 그 조건이 사람의 뜻대로는 잘 안되는 것이기 때문이다. 배우자가 있는 사람에게는 돈이 없고 돈이 있는 사람에게는 마땅한 배우자가 없고, 또 돈이 있다고 하더라도 사윗감이라고 나타나는 놈이 백수건달이거나 기생오라비같이 바람기가 농후한 놈이고, 며느릿감이라고 하는 여식도, 얼굴이 반반하다 싶으면 품행이 단정하지 못하고 생활력이 강하다 싶으면 성격에 모나서 남의 입에 오르내리기 쉬운 그런 사람을 만나기 쉽다.

그렇다고 결혼이라는 그 예식을 아무나 만나서 후딱 치르고 넘어갈 수 있는 그런 간단한 일도 아니다. 시집 장가를 잘못 들어서 인생을 망치고 평생 후회하거나 때로는 한스럽게 생을 마감하게 되는 경우까지 종종 있어서다.

그런데 그런 중요하고 엄숙한 그 일이 지금 서용수의 눈앞에 바짝 다가와 있다. 목련처럼 활짝 핀 스물아홉 먹은 딸을 두고 있어서다. 그런데 어쩌랴. 딸의 결혼자금을 한 푼도 마련해 놓지 못한 채 또 한 해를 접어야 하는 시점에 와 있으니 말이다.

더구나 그의 나이 이제 70이다. 언제 어떻게 될지 모르기에 하루라도 빨리 딸이 보금자리를 틀어서 안주하는 모습을 보고 싶고 손자도 봐야 한다.

나이 70이 되도록 그가 딸의 결혼자금조차 마련해 놓지 못한 것은 그로서는 어쩔 수 없는 일이기는 했다. 그는 30대의 젊은 나이에 개인 사업을 시작했었다. 종합무역회사인 ㈜YA상사의 협력업체로 100여 명의 기능공을 데리고 20년 넘게 아래도급 공장을 했었다. 그런데 그가 50이 되던 해에 ㈜YA상사 사장은 회사를 부도내고 도주하고 말았다.

㈜YA상사 사장과 10년을 넘게 거래하다 보니 그 회사 사장과는 친분이 생기고 신뢰가 두터워져서 거래 대금은 1년에 한 번씩 추석에 어음으로 받고는 했었다. 그 1년이라는 기간 동안 근로자들의 봉급은 지난해에 수금한 돈과 사채를 얻거나 은행 돈으로

해결해 오고 했다. 그런 상태에서 1년 동안 100여 명의 사원이 일한 돈을 한 푼도 받지 못한 채 부도를 당했으니 그로서는 빚더미에 올라앉을 수밖에 없었다.

㈜YA상사 부도로 거래 대금을 받지 못한 2개의 협력업체가 서용수의 회사와 함께 쓰러졌다. 그때 부도를 당한 협력업체 사장들은 빚잔치를 하거나 아니면 거래 대금을 받지 못했다는 이유로 종업원들의 봉급은 물론 퇴직금조차도 주지 않은 채 소송으로 버텼다. 서용수도 그런 방법을 선택해야 했는지도 모른다.

하지만 그는 예비비는 물론이고 자기의 집까지 팔아서 종업원들의 봉급과 퇴직금을 정산해 주었다. 변변치도 못한 자신을 사장님이라고 부르고 따르며 일해 주던 고마운 종업원들에게 노임을 주지 않을 수가 없었다.

재기해볼까 하는 생각도 없지는 않았다. 재기하려면 종업원들에게 믿을 수 있는 사장이라는 인상을 남기는 것도 중요했고 기능공 몇 명은 주변에 머물러 있게 해야 했다. 하지만 수출 경기가 계속 나빠지는 바람에 재기하려던 계획은 흐지부지되고, 미수금과 어음부도에 의한 빚인 만큼 그 빚을 탕감하려는 소송 등으로 세월을 보내고, 그러다 정신을 차리고 보니 자신은 어느새 70줄에 들어서 있었던 것이다.

사업을 했던 사람들은 실패하면 재기하려고 뛰어다닌다. 그러나 재기하기란 쉽지 않다는 것을 그는 절실하게 깨달았다. 그 이유로, 첫째는 나이가 들었다는 사실이다. 10년 넘게 사업하다가 쓰러지면 거의 50대에 들어선다. 그 나이에 사업을 시작하려고 하면 투자하려는 사람을 만나기가 어렵다. 거래처를 찾기도, 개척하기도 어렵고 함께 커 보겠다는 동반자를 만나기도 어렵다.

그러다 보면 60대에 들어서게 되고 그 나이라면 그때는 또 사업을 벌이기가 겁이 난다. 그 나이에 사업을 시작했다가 잘못되면 인생 말년에 그야말로 폭삭 주저앉게 되기 때문이다. 서용수 역시 그렇게 방황의 세월을 보내다가 결국은 지금에 이른 것이다.

3

"오늘은 좀 팔았우?"

서용수는 할머니 앞에 걸음을 멈춘다. 그가 그 할머니를 만난 것은, 사업이 부도난 후 한동안 방황하다가 재기할 것을 포기하고 이곳 신림동 시장 뒤에 12평짜리 빌라를 마련해서 이사 왔을 때니까 벌써 10년이 넘었다. 집으로 올라가는 골목 입구에 있어서 집을 나가기만 하면 그 할머니를 보는데 추운 겨울에 혼자 앉아 있는 것이 안쓰러워서 잡곡을 팔아주고는 하던 것이 이제는 친구처럼 되었다.

"많이 팔기는 개똥이나 뭘 많이 팔아. 그런데 옷을 그렇게 빼입고 어디를 다녀오슈?"

눈두덩이 살이 아래로 처져서 안경을 쓴 것처럼 보이는 할머니는 해바라기 씨 정도로 조그맣게 보이는 까만 두 눈을 올려 뜨며 서용수를 본다. 오른손 끝에는 거의 다 타들어 가서 끄트머리만 남은 담배꽁초가 꼬집히듯이 쥐여있다.

"빼입기는? 바람 쐴 겸 시골에 좀 갔다 오는 길이지."

"마누라 산소에 다녀오는구먼. 뻔하지 뭐."

할머니가 눈치는 빠르다. 오늘이 10월 21일, 서용수의 생일이다. 요즘 들어서 울적하기만 했던 그는 정말 바람이라도 쐴 겸 시외버스를 타고 시골로 내려가서 부인 산소에 들렀다 오는 길이다. 지난 추석 때 다녀왔으니까 2달 만이다.

그가 결혼이 중요하다고 강조하는 것은 자기 부인에 대한 죄책감으로 더해진다. 그의 부인은 남부럽지 않게 사는 집의 막내딸로 그야말로 손에 물 한 방울 묻히지 않고 금지옥엽으로 예쁘게 자란 꿈 많던 소녀였다. 그런데 자신에게 시집와서, 사업을 할 때는 백여 명이 넘는 종업원들 뒤치다꺼리해주느라고 제대로 먹지도 쉬지도 못하고, 회사가 부도나서 서용수가 방황하고 실의에 빠져있을 때는 가족의 생계를 위해서 요구르트 파는 손수레를 끌고, 그러다가 교통사고를 당해서 이 세상을 떠났는데, 그렇게 되는 여자의 일생도 있기 때문이다.

4

"마누라 산소는 뭐 볼 게 있다고 그렇게 뻔질나게 다니누."

심술스럽게 할머니가 한마디 더 한다.

"아따! 호박잎 오랜만에 보네. 쇠진 않았나?"

서용수가 할머니 앞에 쭈그리고 앉는다. 쇘다고 하는 말은 농담으로 하는 소리다.

"이게 쉰 걸로 보여? 눈이 쇘나 보지!"

발끈하는 할머니의 역정이 지나가는 사람들까지 돌아볼 정도로 앙칼지다.

"이 할머니가! 당최 무슨 말을 못 하게 그러네."

"심통 맞은 소리 하니까 그러지 괜히 그러나!"

통명스럽게 말하고 할머니는 다시 담배꽁초를 입으로 가져간다. 할머니의 까만 손끝이 떨린다. 서용수는 허허 웃으며 호박잎을 들추어본다. 입안에서는 살짝 데친 호박잎쌈의 연하고 깔깔한 감촉에 침이 돌고 풋풋하고 진한 녹색 향이 온몸 가득 퍼지는 것 같다.

"얼른 담아주셔. 사지 않고 그냥 갔다가는 큰 탈 나겠네."

서용수는 주머니에서 낡은 지갑을 꺼내 지폐를 골라낸다.

"강낭콩은 안 사?"

할머니는 호박잎 한 무더기를 검은 비닐봉지에 담는다.

"강낭콩? 그건 딸애가 잘 먹지를 않아."

딸은 어렸을 때 밥에 섞어 넣은 콩을 먹다가 썩은 콩을 씹는 바람에 역겨운 냄새로 혼난 적이 있었다. 그 뒤부터는 몸에 좋다는 것을 알면서도 콩은 먹지 않는다. 서용수는 할머니에게서 비닐봉지를 받고 돈을 건넨다.

"그 담배 좀 그만 피워요! 그게 뭐가 좋다고 그렇게 빨아 대!"

몸이 야위고 비쩍 마른 할머니가 그는 이만저만 걱정이 아니다.

"이제 얼마나 살겠다고?"

담배꽁초를 보도블록에다 비벼 끄면서 할머니는 멋쩍게 웃는다. 틀니를 해서 가지런하게 보이는 이빨이 오히려 어울리지 않는다.

"나 원- 할머니도··· 참! 수철인가 걔는 뭐해?"

할머니에게는 김수철이라는 아들이 있다. 덜렁덜렁하고 역마살이 있는 듯한 사람인데 그 때문에 할머니는 여간 속상해하는 게 아니다. 나이가 40인 지금도 저렇게 길가에 앉아서 고생하는 할머니에게서 돈을 가져가기 때문이다.

한동안은 그도 조경 경영회사라고 하는데 다녔었다. 그때 할머니는 입만 뻥긋하면 그를 자랑했었다. 하지만 몇 년 다니는 듯하더니 그는 회사를 그만두고 나와서는 매일 빈둥거리기만 했다. 소문에 의하면 경마에 빠져서 퇴직금을 다 날렸다는 말도 있고, 깊은 산속에서 양귀비를 재배하다가 항공 촬영에 걸렸다는 말도 있고, 그것을 재배하러 파푸아뉴기니로 갈 거라고 했다는 말도 있었다.

얼마 전에는 서용수도 그를 만났었다. 그때 그는 300만 원을 받고 중국 여자와 위장결혼을 했다고 하더니 최근에 만났을 때는 중국 사람에게 장기 제공자를 소개해주고 천만 원을 받았다고도 했다.

"장기 제공자라니 그게 무슨 말이야?"

원래 실없는 말을 잘하는 수철이기에 그의 말을 믿는 것은 아니지만 그래도 장기 제공이라는 그 말 자체에 서용수는 호기심이 생겼다.

"뭐긴 뭡니까. 자기의 장기를 돈 받고 파는 거지요."

"자기의 장기라니?"

"아따, 아저씨도! 간이나 콩팥 말이에요! 그걸 파는 거라고요!"

서용수는 섬뜩 소름이 끼쳤다. 징그럽기도 하고 자기의 간이 도려지는 것 같아서 뱃속이 옥죄이며 저림도 느껴졌었다.

"나 원 참, 별걸 다 파네. 그게 파는 물건이여? 그리고 그걸 누가 사나?"

우습기까지 했다. 장기를 떼어서 팔다가 개죽음당하면 어쩐다는 말인가? 아니, 죽지 않는다고 하더라도 그런 행위는 나를 낳아 주신 조상에 대한 배신행위가 아닌가?

"중국에는 신장이나 간을 이식받으려고 하는 사람이 줄을 섰는데 그 사람 중에는 장기를 제공해 준 사람에게 집을 한 채 주는 사람도 있습니다."

어이없어하는 서용수가 재미있다는 듯 수철이는 한마디 더 했다.

"집을 한 채씩 줘?"

"그렇다니까요. 돈으로도 최하 3천만 원은 준대요. 그럴 만도 하죠. 죽을 날만 기다리는 사람한테 돈이 무슨 소용이겠어요. 더 살아갈 수만 있다면 장기를 준 사람은 생명의 은인이지요."

서용수는 허허하고는 집으로 왔다. 그리고 저녁을 먹을 때였다. 수철이에게서 들은 말을 딸인 순덕이에게 했었다. 그랬더니 딸은 더욱 놀라운 말을 했다. 우리나라에서는 그런 행위가 불법이어서 몰래 하지만 중국에서는 공공연히 한다는 말을 들었다고 했다. 그리고 장기이식만 전문으로 하는 병원까지 있다고 했다. 그뿐만이 아니었다. 아가씨가 난자 제공도 하고 대리모도 한다고 했다.

"난자 제공은 또 뭐고 대리모는 뭐냐?"

70년이라는 세월을 살아왔으나 모두 처음 듣는 말이어서 이 시대가 새로 만들어낸 유행어거나 풍속도일까 하는 궁금증도 생겼다.

"왜 옛날에 아기를 낳아주는 씨받이라는 거 있잖아요. 그런 거지 뭐."

그렇게 말하니까 조금은 이해가 되었다.

"씨받이? 요즘도 젊은 아가씨가 그걸 한다는 말이냐?"

"저도, 오죽하면 그럴까 하는 생각이 들어요."

무섭고도 잔인한 세상이다. 이게 무슨 사람 사는 세상인가 하기도 하고 앞으로는 이 세상이 또 어떻게 변할지 걱정되기도 한다. 옛날에는 끼니를 굶거나 초근목피로 연명하는 가난이 있었지만 그래도 인간의 존엄이 지켜졌고 생명을 귀하게 여겼었다. 그런데 사람의 장기를 돈을 주고 사고팔고 아가씨가 난자를 제공해주는 세상이라니 정신과 몸 모든 것이 해체된 느낌이다.

5

"수철이도 얼른 장가를 가야 할 텐데. 남자는 장가를 가야 철이 들어."

"내가 죽는 꼴을 보려고 그렇게 쏘다니기만 하는 게야!"

"그래도 속은 있는 애야. 뭔가 해보려고 애쓰고 있더라고. 그럼 됐지."

할머니는 생각에 잠긴 듯 말이 없다.

"그건 그렇고, 요즘 애들 결혼시키려면 얼마나 들까? 한 3천은 있어야지?"

서용수가 목소리를 낮추어서 은근히 물어본다.

"3천이 뭐야! 엊그제 우리 옆집 사람은 딸 결혼시키는데 8천 들었다고 하더구먼. 잘 사는 집도 아닌데."

서용수는 입을 다문다. 2천 정도면 될 거라는 말을 기대했었는데 8천이라니 할 말이 없다. 그는 자리에서 일어선다.

"담배는 이제 피우지 말어!"

할머니에게 한마디 더 해주고 그는 호박잎이 든 비닐봉지를 들고 집으로 향한다. 그곳에서 큰길을 따라 조금 가다가 골목으로 꺾어 들어가면 그의 빌라가 나온다.

그는 길을 걸을 때는 항상 길의 가장자리로 천천히 걷는다. 어두운 길을 갈 때 자기가 있다는 표시를 해주기 위해서 등불을 들고 간다는 시각장애인 이야기가 있듯이, 서용수도 앞에서 오는 사람들에게 방해나 불편을 주지 않기 위해서 길 가장자리로 붙어서 천천히 걷는다.

얼마쯤 가려니까 작은 문방구 앞에 있는 오락기가 '어서 오세요. 안녕하세요.'라는 말을 혼자 연발한다. 청바지에다 쥐색의 재킷을 입은 한 젊은이가 서용수의 집이 있는 골목에서 이쪽으로 오기도 한다. 슬쩍 보았는데도 용모와 자세가 눈에 띄게 반듯하고 단정한 젊은이다.

'믿음직하게 잘생겼는걸. 키도 있고, 얼굴도 훤하고. 결혼은 했을까?' 젊은이와 어느 정도 거리가 가까워져서 서용수는 다시 그의 얼굴을 슬쩍 본다. 지적이고 차분해서 실수가 없을 사람으로 보이는데 전생에 어떤 인연이라도 있었던 사람처럼 친근감마저 느껴진다. 서용수와 가까워지자 젊은이는 옆으로 비켜서서 잠깐 있다가 서용수가 지나가자 다시 걸음을 옮긴다.

젊은이가 지나쳐 간 뒤에도 서용수는 고개를 돌려서 그의 뒷모습을 다시 본다. '저런 청년 정도면 순덕이에게도 어울리겠는데.'

서용수의 머릿속에서 그 젊은이의 인상이나 예의 바른 모습이 얼른 떠나지 않는다.

사람은 오래 살아서 나이를 먹게 되면 어느 정도는 세상을 보는 눈과 감각이 생긴다고 한다. 서용수가 그렇다. 70년간 만고풍상을 겪은 그는 어느 정도는 세상 이치를 점칠 수 있고, 조금 전 자신에게 길을 비켜주던 그 젊은이의 외모를 보고 느꼈듯이 사람의 됨됨이를 어느 정도는 짐작할 수가 있다.

그가 그동안 살아오면서 발견한 삶의 철학 한가지라면 그는 반듯한 조각 미남보다는 둥글둥글하게 생긴 사람, 말은 별로 없으면서 너그럽기도 한 그런 사람이 미덥고 호감도 간다. 그는 사윗감을 고르라면 그런 사람을 우선으로 놓고 간택할 것이다. 여자는, 그의 경험에 의하면 밝은 옷을 좋아하는 여자가 비교적 활동성이 있고 건강하고 애정적이라 본다.

모두 실없고 주관적으로 평가한 가치인 줄 알면서도 서용수는 요즈음 무속인 같은 그런 잡념에 자주 빠져든다. 길을 가거나 공원에 바람 쐬러 가서도 젊은이가 눈에 띄면 그의 행색을 요모조모 뜯어보고 행동거지를 눈여겨보고, 그러다 정말 마음에 드는 사람을 보게 되면 결혼했을까 아니면 미혼일까 하는 데까지 관심을 둔다.

금은방을 지나갈 때도 그냥 지나치지 못한다. 걸음을 멈추고 가만히 서서 진열장 안을 들여다보며 순덕이에게 약혼반지는 어떤 것이 잘 어울릴까? 결혼반지는? 하며 눈에 익혀두기도 한다.

며칠 전에는 시장에 갔다가 우연히 한복집들이 즐비한 골목을 지나가게 되었는데 그때 어느 한복집 진열장에 전시된 한복 한 벌 때문에 그는 걸음을 멈추고 말았다. 연한 분홍색 치마에 밑단 부분에는 작은 꽃이 돌아가면서 앙증맞게 수놓아져 있고 저고리는 어깨에서부터 소매까지 가늘게 색동으로 된 한복인데 그는 그 한복에서 눈을 떼지 못했다.

그 한복을 입은 딸의 모습을 눈앞에 그려보기도 했다. 발레리나처럼 치마 밑단을 살짝 들고 허공을 사뿐히 나는 모습도, 신랑의 손을 잡고 나들이하는 모습도 보았었다. 딸은 어렸을 때부터 한복을 좋아했는데 그래서 명절 때면 꼭 한복을 입혔고 유치원에 입학할 때도 한복을 입고 갔었다.

6

집 앞에 이르자 고기를 굽는 냄새가 후각을 자극한다. 뜨거운 석쇠에서 작은 기름방울이 타며 고기가 지글지글 구워질 때 풍기는 냄새다.

"순덕아?"

서용수가 현관문을 열고 안으로 들어간다.

"아빠!"

주방에서 일하던 딸이 돌아본다. 딸의 옆에는 경희라는 순덕이의 친구도 서 있다가 서용수를 보고는 인사한다. 경희는 딸의 고등학교 동창인데 교대를 졸업한 후 지금은 서용수의 집 근처의 초등학교에서 학생들을 가르치고 있다. 결혼도 해서 두 살 된 아기까지 있다.

"오오, 이 녀석도 왔구나. 이제 젖살이 포동포동 올랐는걸."

서용수는 유모차에서 잠자고 있는 아이를 가까이서 내려다본다. 순덕이가 시집을 갔으면 자신에게도 이만한 손자가 있을 땐데 해서 아쉽기는 하지만, 그래서 더더욱 서용수는 경희의 아기가 올 때마다 친손자를 보듯 반갑다.

"그런데 뭐 하는 중이냐?"

서용수는 요리하고 있는 딸의 옆으로 가까이 다가간다. 더운 탓인지 등을 덮고 있던 긴 머리를 올려 묶어서 목에 있는 갈색 점이 살짝 드러난다. 동전만 하기는 해도 귀 뒤에 있어서 쉽게 보이지도 않고 보인다고 해도 그리 흉하지 않은데 딸은 머리를 길게 해서 그 점을 항상 가리고 다닌다. 고등학교에 다닐 때는 순덕이만 큼은 머리를 기를 수 있도록 학교에서 배려해 주기도 했었다.

"삼겹살 구워요."

순덕이는 가스레인지 위에 있는 프라이팬의 고기를 나무젓가락으로 뒤집는다. 옆의 불에서는 구멍이 뚫린 냄비 뚜껑이 달그락달그락 들썩이며 찌개도 보글보글 끓고 있다.

서용수는 부인이 떠난 후로는 생일도 잊었다. 순덕이가 집에 있을 때는 그가 아침에 미역국은 끓여주기는 했으나 딸을 귀찮게 하고 싶지 않은 그는 그마저도 신경 쓰지 말라고 해서 생일이라고 별도로 음식을 장만하거나 손님까지 오는 일은 처음 있는 일이다.

"이건 뭐죠?"

순덕이는 서용수가 들고 왔던 비닐봉지를 받아서 입구를 벌리고 안을 들여다본다.

"호박잎이다. 하도 오랜만에 보이길래 쌈이나 해 먹으려고 얻어 왔다."

"잘됐네요. 이걸로 삼겹살 싸 먹으면 되겠네."

순덕이는 가스레인지에서 냄비를 내리고 다른 냄비를 놓고 물을 올린다. 그래도 아빠의 생일이라고 음식도 만들고 하니 고맙고 대견스럽다. 딸은 원래 차분하고 얌전한 성격이다. 사치도, 화장도 하지 않고 검소하다.

그런 딸이 서용수는 믿음직스러우면서도 한편으로는 걱정되기도 한다. 딸은 지금 만발한 꽃처럼 한창 좋은 때다. 아무 근심 걱정 없이 친구들과 어울려서 뛰어놀고 했으면 좋으련만, 그러지 않고 조용하게만 지내기에 내 탓인 것만 같아서 그는 마음이 더욱 무겁다.

상의를 벗으며 그는 안으로 들어간다. 그러던 그는 눈이 휘둥그레진다. 방안 한복판에 상이 놓여있고 그 위에도 음식이 가득 차려져 있어서다. 잡채와 푸릇한 시금치나물과 동태 부침개, 메밀전, 샴페인하고 소주까지 있어서 입이 절로 벌어진다.

"아니, 대관절 이게 무슨 난리냐? 누가 왔느냐?"

서용수가 방문에 서서 순덕이를 다시 돌아본다.

"오기는요. 경희하고 제가 했지요."

순덕이는 흰떡을 들고 방으로 와서 상에 놓는다. 떡은 서용수가 워낙 좋아해서 순덕이가 가끔 사 오고는 한다.

"그래? 경희도 고맙구나. 친구 아빠의 생일까지 챙겨주고."

겉옷을 벗어서 옷걸이에 걸고 서용수는 자리에 앉는다. 오랜만에 얼굴에 주름이 펴지고 인자한 미소가 살아나서 떠나지 않는다. 시집도 가지 못하고 엄마 대신 집안일에 매달려 있는 딸이 안됐고 미안하기는 해도 기분이 좋은 것은 어쩔 수가 없다.

더구나 아빠의 생일이라고 친구까지 데리고 와서 음식을 준비해줄 줄도 아는 그 심성이 시집가서도 신랑이나 시부모님들에게 사랑받을 거라고 안심으로 흐뭇하기도 하다.

"모두 이리 오너라. 먹자."

그리 늦은 저녁은 아니지만 온종일 활동해서 그런지 허기가 느껴진다.

"경희야 얼른 와."

순덕이가 방으로 들어와서 아빠 앞자리에 앉는다. 그러던 그는 잊었다는 듯 다시 일어서더니 창가에 있던 5단짜리 서랍장 위에서 선물 상자를 뜯고 그 안에서 커다란 케이크를 꺼내어 상 가운데에 놓는다.

"이건 뭐냐? 돈도 없을 텐데 이런 건 왜 샀어?"

"아저씨 생신이라고 선물 들어온 거예요."

순덕이는 초에 불을 붙인다.

"선물? 누가 나한테 이런 선물을?"

서용수가 경희를 본다.

"나중에 다 알게 되실 거예요."

경희가 순덕이의 눈치를 보면서 의미 있게 웃는다.

"나중에? 지금 알면 안 되니?"

"아빠? 우리가 생일 축하 노래 불러드릴게요."

순덕이가 화제를 돌린다.

"노래는 무슨 노래를? 그만둬라."

하지만 순덕이와 경희는 생일 축하 노래를 부르기 시작한다. 분에 넘치는 것 같기는 해도 10년은 젊어지는 기분이어서 그는 자신도 모르게 손바닥을 마주한다.

"아빠, 이제 촛불 끄고 케이크도 자르세요."

순덕이의 말에 서용수는 후 불어서 촛불을 끈다. 자기의 생일날 케이크를 자르고 촛불을 끄는 일은 아내가 멀리 간 후로는 처음 있는 일이어서 감회가 새롭고 아내가 있으면 좋으련만, 해서 눈시울이 뜨거워진다. 순덕이는 서용수가 케이크를 자르도록 도와준다.

"아빠 노릇도 못 하면서 내가 호강하는구나."

"아빠는 왜 그러세요!"

순덕이가 아빠를 나무란다.

"어서 먹자."

아빠의 말에 모두 케이크를 먹기 시작한다.

"술도 한잔하세요?"

순덕이는 다시 주방으로 간다. 그러더니 삼겹살하고 데친 호박잎, 그리고 찌개가 든 냄비를 가지고 와서 상 위에 올려놓는다.

"그래, 안주도 좋고 하니 술 한잔해야겠다."

순덕이는 소주병을 집어 들고 뚜껑을 딴다. 그러다가 서용수가 잔을 집어 들자,

"우리 아빠! 건강하시고 오래오래 사세요?"

하면서 잔을 채운다. 서용수는 술은 별로 좋아하지 않는다. 한 모금만 마셔도 얼굴이 붉어지기 때문에 그는 술과는 담을 쌓고 살았다. 그러다 아내를 잃고 난 후부터 마시기 시작했다.

서용수는 술을 마시고 호박잎에 삼겹살도 싼다. 순덕이도 기분이 좋아서 경희와 이야기를 나누고 웃으면서 케이크도 먹고 샴페인도 한 모금씩 한다.

"친구 아버지 생일이라고 이렇게 와서 음식도 만들어주니 고맙다."

고마운 마음에 서용수가 다시 말한다. 그때 유모차에서 자고 있던 아기가 칭얼대면서 몸을 뒤척인다. 경희가 얼른 달려가서 안고는 다시 온다.

"우리만 먹어서 어쩌나?"

아기를 보고 서용수가 말한다. 당장이라도 안아보고 싶다.

"배는 고프지 않을 거예요."

경희가 다시 젓가락을 집는다.

"이제 순덕이를 시집보낼 일만 남았는데…."

미안하다고 말하고 싶었는데 그만둔다.

"아빠? 제 결혼에 대해서는 걱정하지 마세요. 제가 다 알아서 할게요."

순덕이의 표정이나 말이 무척 진지하다.

"순덕이 걱정은 안 하셔도 돼요. 얘가 다 준비해 놓고 있어요. 신랑까지도 준비해 놓고 있는데요, 뭘."

경희가 순덕이의 눈치를 보면서 웃는다.

"정말이냐?"

서용수가 놀라면서 다시 묻는다.

"아니에요. 얘가 괜히 하는 소리예요."

말하면서도 순덕이는 고개를 숙인다. 서용수는 가만히 생각에 잠긴다. 그랬었구나, 하면서 그는 조금은 마음이 놓인다. 역시 내 딸이구나 하기도 한다. 술잔을 다시 집어 드는 그의 머릿속에 집 앞 골목에서 마주쳤던 예의 바르던 그 청년의 얼굴이 스친다.

7

저녁을 먹은 그는 자신의 방으로 들어간다. 시골에 다녀와서 그런지 일한 것은 없는데 피로하다. 하지만 오랜만에 기분이 좋다. 딸이 생일잔치를 해주어서가 아니다. 딸도 결혼을 염두에 두고 있고 준비하고 있다는 사실을 알게 되어서다. 당장이라도 딸의 결혼식을 보게 될 것처럼 마음이 설레기도 한다.

'이제 돈만 있으면 된다. 내 주제에 8천은 어림없고 그래도 3천은 있어야 할 거야.'

그는 내일 은행에 가봐야겠다고 생각한다. 은행에 가서 어떻게 해서든지 돈을 얻어서 딸의 저금통장에 넣어줄 것이다. 그렇게 해서 이 가을, 아니면 돌아오는 겨울에라도 결혼식을 올려줄 생각이다.

서용수는 자리에서 일어나 장롱문을 열고 그 밑에 있는 서랍에서 가방을 꺼낸다. 가방이 두툼해서 서랍에서 잘 빠지지 않는다. 가방을 챙긴 서용수는 방바닥 한복판에 놓고 가방 안의 물건들을 꺼내기 시작한다. 낡은 노트 두 권. 돌돌 말아서 고무 밴드로 감아놓은 영수증 뭉치. 도장이 들어있는 봉투도 있다. 그는 영수증 뭉치를 한쪽으로 밀어놓고 부도가 났던 어음과 채권 뭉치를 꺼내서 하나하나 펼쳐본다. 사업할 때 납품하고 받지 못한 돈의 금액도 계산해본다.

술을 두어 잔 마셔서 그런지 눈이 감기면서 피로가 몰려온다. 잠시 쉬어야겠다는 생각에 그는 딸이 미리 펴놓은 요 위에 몸을 누이고 눈을 감는다. 조금 전, 경희의 아기 모습이 떠올라서 미소가 번진다. 안아보고 싶었으나 실례될까 봐 그러지 못했는데 지금도 그 아이를 안아보고 싶다.

집 앞의 골목에서 마주쳤던 그 젊은이의 얼굴도 다시 눈에 선하다. 그는 그 청년이 순덕이의 애인임이 분명하다고 생각한다. 그는 이러고 있는 때가 아니라고 생각하며 다시 일어나 조금 전에 펼쳐놓은 채권 뭉치를 다시 들여다보며 하나하나 잘 펴서 반듯하게 겹쳐 놓는다.

하지만 몰려오는 피로를 이길 수가 없다. 시야마저도 흐릿해져서 그는 다시 요 위에 누우며 눈을 감는다.

얼마 전에 시장에 갔다가 보았던 그 한복이 다시 눈앞에 아른거린다. 어느새 딸이 그 한복을 입고 있다. 멀리서 보아도 깜부기같이 진한 눈썹, 하얀 얼굴이 그 한복을 입고 서용수를 보면서 활짝 웃는다. 공주보다도 더 예쁜 얼굴, 서용수도 오랜만에 시름을 잊고 크게 웃어본다.

그러던 그는 웃음을 거두고 귀를 기울인다. 어디선가 들려오는 결혼행진곡, 그 소리가 점점 더 가까이 다가오더니 온 세상에 가득 울려 퍼진다. 그리고 면사포를 쓰고 긴 드레스를 입은 순덕이가 가까이 다가와서 팔짱을 낀다.

정신을 잃을 것 같다. 주체하기 힘든 황홀한 기분 속에 서용수는 순백의 드레스를 입은 순덕이와 함께 결혼행진곡에 맞추어서 길게 펼쳐진 레드카펫을 밟고 한 걸음 한 걸음 홀 중앙으로 들어간다. 홀 안을 가득 메운 하객들에게서는 박수갈채가 터져 나온다.

바람이 살랑이며 얼굴을 부드럽게 스치고 물소리가 귓속을 간질이며 들려온다. 파란 잔디가 펼쳐져 있는 아내의 산소 앞이다. 그곳에서 딸하고 그의 신랑이 아내의 산소에 술을 한 잔 따라놓고 공손하게 절을 올리고 있다.

소설, 여성 심리학

박 순 지음

발 행 처 · 도서출판 청어
발 행 인 · 이영철
영　　업 · 이동호
홍　　보 · 천성래
기　　획 · 남기환
편　　집 · 방세화
디 자 인 · 이수빈 | 김영은
제작이사 · 공병한
인　　쇄 · 두리터

등　　록 · 1999년 5월 3일
(제321-3210000251001999000063호)

1판 1쇄 발행 · 2022년 5월 20일

주　　소 · 서울특별시 서초구 남부순환로 364길 8-15 동일빌딩 2층
대표전화 · 02-586-0477
팩시밀리 · 0303-0942-0478

홈페이지 · www.chungeobook.com
E-mail · ppi20@hanmail.net
I S B N · 979-11-6855-032-2(03810)